HYMNE AU SOLEIL

ETC.

Clermont (Oise). — Imp. Alexandre Toupet. 174.

HYMNE AU SOLEIL

UNE EXCURSION

DANS LE BERRY ET LA TOURAINE

ETC., ETC.

PAR

VICTOR OFFROY

DAMMARTIN

LIBRAIRIE DE LEMARIÉ FILS

1874

A MON CENSEUR

Toi qui peux, en lisant avec intelligence,
Juger de tout mérite et de toute science,
Accepte ce produit d'un cerveau de vingt ans,
Et juge ici d'un fruit cueilli dans mon printemps.
Dans ce premier essai, dont je t'offre l'hommage,
Tu vas voir le travail d'un mois d'apprentissage.

Mais, diras-tu, pourquoi ne pas écrire mieux?
Pourquoi de tes grands vers faire un livre ennuyeux?
Moi qui n'ai fait ici rien qui soit bien utile,
Et ne vois dans un vers qu'un agrément futile,

Je vais, sans m'excuser, répondre à ce pourquoi,
Que je n'ai guère écrit pour d'autres que pour moi,
Que je ne prétends pas dans ce fruit de mes veilles
Montrer aux yeux d'autrui de brillantes merveilles,
Et que malgré ses vers, si tu veux, insensés,
Si mon livre t'ennuie, il me plaît, c'est assez.

AVANT-PROPOS

Le soleil est le bienfaiteur du monde, aucun astre n'a plus droit à notre hommage. J'ai puisé celui que j'offre ici dans la belle prose de M. de Reyrac. Enthousiaste des beautés de ce petit poëme, je n'ai pu, quoique bien jeune encore, résister au désir de le mettre en vers. Ces vers sont les premiers que j'aie faits, on s'en apercevra bien ; quels qu'ils soient, j'ai éprouvé en les composant un plaisir que j'éprouve encore en les relisant aujourd'hui : ce que j'attribue non à une prédilection paternelle pour des premiers nés, mais bien plus à l'intérêt du sujet qu'à la manière dont il est traité, bien plus au fond qu'à la forme. Ce qui prouve, comme d'une jeune et belle fille mal habillée, que ce qui est beau de sa nature est toujours beau quoique mal représenté, et peut plaire encore quoique travesti. Un vilain cadre ne gâte pas une belle figure.

L'accueil fait à mon *Histoire de Dammartin*, et peut être aussi ce désir vaniteux qu'a toujours un auteur de se voir imprimé, m'a fait revenir sur ma décision de borner à cette histoire de mon pays ce que je voulais publier. Je viens donc encore offrir cette nouvelle brochure à mes lecteurs, je pense qu'il y trouveront assez d'intérêt pour qu'ils n'aient pas à regretter le peu de temps qu'ils perdront ou dont ils profiteront à la lire.

Victor OFFROY.

HYMNE AU SOLEIL

CHANT PREMIER

Chef-d'œuvre éblouissant que fit la main des dieux,
Flambeau de l'univers, sublime astre des cieux!
Du sommet de ce mont, de cette cìme altière,
Que frappent les rayons de ta clarté première,
A ton lever splendide, à ton naissant aspect,
Soleil! je te salue avec un saint respect.

Tu te souviens du jour, Dieu dont l'éclat m'inspire,
Où pour la lyre d'or, cette brillante lyre
Que je reçus de toi, je vins sous cet ormeau
T'immoler, en retour, un jeune et tendre agneau ?
Dès lors, grand Apollon, je promis qu'à ta gloire
Je chanterais l'objet si cher à ma mémoire.
Près de ce vert côteau, qui domine ces lieux,
Aux rameaux ondoyants de ce chêne orgueilleux
Je suspendis mon luth, attestant cette plaine,
Qu'arrose, en serpentant, l'eau de cette fontaine,

Que je n'en tirerais aucun son jusqu'au temps
Où je viendrais t'offrir le tribut de mes chants.
Douze fois le soleil a verdi les campagnes,
Douze fois les frimats ont chargé les montagnes,
Sans que, depuis ce temps, ce vœu soit accompli.
Me pardonnerez-vous un si coupable oubli,
Souveraines du Pinde, immortelles déesses?
Et toi dieu de Délos, qui reçus mes promesses ?

Des dix instituteurs du monarque des cieux,
Des insensés Galis, j'ai célébré les jeux.

J'ai peint la folle ivresse et les fureurs ardentes
Des femmes de Bacchus, les fougueuses Bacchantes,
Les membres déchirés, la bouche tout en feu,
Errant le thyrse en main et courant en tout lieu,
Frappant du pied la terre, animant leurs orgies
Aux sons des tambourins, aux clartés des bougies,
Et remplissant les airs de hurlements affreux
Que les bois et les monts se répètent entre eux.

Orphée, ô peine amère et toujours renaissante!
Orphée à qui tout cède, et dont la voix touchante
Charma les habitants des antres ténébreux;
Orphée, attendrissant les tigres furieux,
Sur le bord qui redit ses plaintes éternelles,
Meurt et teint de son sang ces mégères cruelles.
Près de l'Ebre il pleurait une chère moitié;
D'un amour qui les fuit jalouses sans pitié,
Et dans leurs noirs transports, telles que des tigresses,
Avec d'horribles cris, ces indignes prêtresses
Fondent sur lui, les yeux de rage étincelants,
Arrachent de son corps ses membres palpitants,

Et lancent au milieu de l'onde épouvantée
Sa tête encor plaintive et tout ensanglantée.
Expirante elle roule au gré des flots émus ;
Hélas ! on l'entendit, quoiqu'on ne la vit plus,
Gémir en s'écartant sur la rive lointaine ;
Sa langue, que déjà glaçait la mort prochaine,
Par un dernier effort, en ces triste instants,
Articulait encor ces pénibles accents :
Eurydice, Eurydice, ah ! ma chère Eurydice !
Et les échos plaintifs répétaient : Eurydice !

Sur la flûte de Pan j'ai chanté l'âge d'or,
Et le bonheur des champs qui le rappelle encor.
J'ai chanté la saison si chère à la nature,
Le printemps qui renaît couronné de verdure ;
Et le sort fortuné des tranquilles bergers
Qui, mollement assis sur l'herbe des vergers
Ou sur les bords fleuris de la belle Aréthuse,
Animent, sous leurs doigts, la simple cornemuse.

J'ai dépeint de la mer les déesses, les dieux,
Neptune s'élevant de son sein orageux,
Et Triton et Protée avec les Néréides,
Jouant autour du Dieu sur les plaines liquides.
D'autres fois, essayant un rustique pinceau,
J'ai crayonné Silène à l'ombre d'un berceau,
Le front ceint de festons, de verdoyants feuillages,
Entouré d'un essaim de satyres sauvages ;
Dans des vases ornés du sarment amoureux,
Savourant, à longs traits, un vin délicieux ;
Et de cette liqueur, de cette onde pourprée,
Recueillant le parfum dans son âme enivrée.

Ailleurs, je l'ai dépeint ivre et tout chancelant,
Le visage vermeil, dansant d'un pas pesant,
Bégayant avec peine une chanson antique,
Ou d'un sistre grossier tirant un son rustique.

Avide d'exprimer de plus hauts sentiments,
Ma lyre modula de plus mâles accents :
J'ai chanté la grandeur du Dieu dont le tonnerre
Foudroya les Titans, fiers enfants de la terre,
Sur son char éclatant, suspendu dans les airs,
Je l'ai dépeint armé de foudres et d'éclairs,
Venant, dans son courroux, lancer sur ces rebelles
Ce feu vengeur qu'il tient dans ses mains immortelles,
Et sous le poids des monts, qu'ils avaient entassés,
Etouffant, avec eux, leurs projets insensés.

J'ai chanté le triomphe et les combats terribles
Des Lapithes vainqueurs des Centaures horribles;
J'ai dépeint les horreurs des combats désastreux,
Les désolations qu'entraînent après eux
Ces funestes excès de haine et de colère ;
Les peines, les tourments qu'ils engendrent sur terre ;
Et dont les justes dieux, arbitres des destins,
Punissent, tôt ou tard, les crimes des humains.

Impétueux guerrier qui répand les alarmes,
Et qui pour ton Patrocle eut tant d'amères larmes,
Toi, dont le nom terrible et l'invincible bras,
Domptent les escadrons et sèment le trépas,
J'ai chanté tes exploits, ta fougueuse colère;
Je t'ai peint tout couvert de sang et de poussière,
Et vainqueur d'Ilion, sous son rempart tremblant,
Du malheureux Hector traînant le corps sanglant.

Je ne t'ai point omis, courageux fils d'Alcmène,
Toi qui du fier lion rendis la force vaine ;
Je t'ai peint effrayant dans tes transports fougueux,
Roulant, plein de courroux, des regards furieux ;
Combattant contre Anthée, et, soulevé de terre,
Etouffant, dans tes bras ce géant téméraire.
Ici, te saisissant de ce monstre des flots,
Que Neptune, irrité, suscita chez Minos,
Cet horrible taureau, dont la gueule enflammée,
Soufflait des tourbillons de feux et de fumée,
Et qui, semant partout la terreur, le trépas,
De l'infortuné roi ravageait les Etats.
Là, chargeant sur tes reins la biche de Mœnale ;
Là, perçant de tes traits les oiseaux de Stymphale,
Ici, domptant Cerbère, et détachant les fers
Qui captivaient Thésée au milieu des enfers ;
Aussi superbe enfin, aussi grand rendant l'âme,
Sur le bûcher d'Œta consumé par la flamme,
Que lorsque terminant ce combat périlleux,
De l'hydre affreux de Lerne enfin victorieux,
Après avoir coupé ces têtes renaissantes,
Tu trempais dans ce sang tes flèches rougissantes.

Enfin, j'ai de Pluton décrit les sombres bords,
Les mânes s'agitant en proie aux noirs remords,
Errant et voltigeant sur la profonde rive,
Et convoitant en vain la barque fugitive.
Hélas ! tout est fini ; les cieux n'existent plus,
Les biens du monde entier pour eux sont tous perdus.
O soleil ! ô lumière ! ô beautés immortelles,
Ces ombres vous ont fui, vous n'êtes plus pour elles.

En vain, pour revenir dans ce vaste univers,
Elles veulent franchir les portes des enfers !
Partout du large Styx les ondes tournoyantes,
Partout l'affreux Cerbère aux trois gueules béantes,
Sans cesse vomissant la flamme et les horreurs,
Opposent à leur vœu des obstacles vengeurs.
Dans le Tartare affreux le destin les enchaîne ;
Là, le noir Phlégéton éternise leur peine.
Ce fleuve redouté, dont les flots sont de feux,
Les glace de terreur en roulant dans ces lieux ;
Et, par l'horrible bruit de son onde bouillante,
A leur vif désespoir ajoute l'épouvante.
La déesse aux cent voix, maintenant en tous lieux,
De ma lyre répand les sons harmonieux ;
Dans son rapide vol, agile messagère,
Elle dit mes accents, les redit à la terre ;
Des siècles et des temps le cours précipité
Ne fera qu'ajouter à ma célébrité.
Je ne mourrai donc pas tout entier. Plus durables
Que les palais des rois, les États périssables,
Mes chants vivront toujours, et leur sublimité
Fera vivre mon nom dans la postérité ;
L'univers en connaît la beauté, l'harmonie,
Et la faux de la mort respecte leur génie.

Apollon me pénètre, il embrâse mes sens ;
Que l'univers se taise à mes nouveaux accents ;
Que ma voix retentisse aux deux pôles du monde,
Et domine aujourd'hui sur la terre et sur l'onde ;
Que de ses sons divins l'éclat frappe à la fois,
La cabane du pauvre et le palais des rois.

Eléments, respectez le grand Dieu qui m'inspire,
Prêtez votre silence aux accords de ma lyre;
Dans l'Etna, roi des airs enferme tes autans,
Apollon te défend d'interrompre mes chants;
Et toi, qui fais trembler et les cieux et la terre,
Laisse, pour un moment, reposer ton tonnerre;
Enchaîne, sous tes pieds, tes foudres, tes éclairs.
Assez ils ont troublé le silence des airs,
Assez, en s'échappant du flanc des sombres nues,
Ils ont porté l'effroi dans les plaines émues
Ah! soutenez plutôt cette nouvelle ardeur,
Qui consume mes sens pleins de votre grandeur!
Dieux puissant! aidez-moi dans ma noble carrière;
Je vais chanter le Dieu qui répand la lumière;
Eclairez mon esprit dans ses embrâsements;
Et doublez de mon cœur les saints élancements.

Sur la nue, en ce jour, si tu te manifestes,
Si tu connais la route et les secrets célestes,
O mon esprit, rempli d'un feu pur et sacré,
Par un puissant génie ardemment inspiré,
Fais entendre, avec gloire, un immortel langage;
Dans les plaines de l'air fraye un hardi passage,
Ecarte ces rideaux qui, sur les vents portés,
Dérobent à nos yeux de célestes beautés.
Entraîné par l'amour d'une gloire solide,
Franchis l'immensité, pousse ton vol rapide;
Vers le père du jour, va, d'un superbe essor,
Jusqu'aux lieux où son char jette des rayons d'or;
Pénètre aux régions où nage la matière,
Et peins, en traits de feu, le Dieu de la lumière.

Mais tout mon corps s'émeut, un délire vainqueur
M'agite et me transporte ; une sainte fureur
Me ravit hors de moi, ma vue est foudroyee !
Quel être a pénétré dans mon âme effrayée ?
Mon sang frémit d'horreur... une puissance... ô dieux !
Un tourbillon d'éclairs m'enlève dans les cieux ;
O terre ! écoute-moi, soleil, soutiens mon âme,
Je chante tes bienfaits, lance sur moi ta flamme.

Frappé d'étonnement à son brillant aspect,
Je l'admire avec crainte et tremble de respect.
Cet immense Océan de lumière éclatante
Etonne mon esprit, l'arrête et l'épouvante ;
Sa majesté suspend mes sens et mes transports,
Sa grandeur de mon être enchaîne les ressorts ;
Cet orbe qui se meut dans ce ciel qu'il embrâse,
Atterre mon génie et m'abime en extase.

O soleil, comment, moi qu'anime un souffle vain,
Osai-je m'élever jusqu'à ton front divin ?
Et fixer ces rayons qui, lancés de ta sphère,
Vont mesurer les cieux et pénétrer la terre ?
Je ne vois que toi seul ; toi seul du firmament
Est le plus glorieux, le plus riche ornement !
Tes regards enflammés embrassent la nature,
Et l'univers te doit sa brillante parure.
C'est ton feu créateur qui tira du néant
Ce monde que tu vois dans l'espace flottant.
Chaque jour il t'attend, et dans sa route immense
Tu lui rends, chaque jour, ta bénigne influence ;
En fécondant son sein, ta clarté, ta splendeur
Le remplissent de vie ainsi que de grandeur ;

De ses extrémités tu franchis la barrière,
Il n'est pas assez grand pour ta vaste carrière.
Que du sommet d'Athos, avec rapidité,
Je me transporte aux lieux, où le Tigre irrité
Roule sur des écueils ses ondes courroucées ;
Plus prompt que l'aquilon, que des rives glacées,
Je vole, comme un trait, au ciel le plus ardent ;
Que des portes du jour je passe à l'occident ;
Partout j'ai vu tes feux, partout j'ai vu ta sphère
Inonder l'univers de torrents de lumière.

Image magnifique et sublime des dieux,
Comme eux, tu connais tout, et tu vois tout comme eux;
Tu vois, d'un seul regard, Tyr et Lacédémone,
Athènes et Corinthe, et Thèbe et Babylone ;
Les cent villes de Crète et la superbe Argos,
Les cèdres du Liban, les myrthes de Paphos;
La Lybie et ses monts, la riche Thessalie,
Et les jardins fleuris de la belle Idalie.

Tu vois le vaste Euphrate et ses bords fortunés,
Les fertiles pays du Gange environnés,
Et la vieille Colchide où Jason et Médée
Conquirent la toison de cent monstres gardée.
Tel que le grand arbitre, Auteur de l'univers,
Tu nous vois tous enfin de la voûte des airs !
Que dis-je ? astre éclatant, père de la lumière,
Qui vois l'immensité comme un point sous ta sphère,
Oh ! si je me trompais !... pardonne à mon erreur !
Si c'était toi, Soleil, ce grand dominateur,
Dont eux-mêmes les dieux redoutent la puissance,
Parle, et, soudain confus, je t'adore en silence.

Insensé ! qu'ai-je dit ? non, il n'est pas un Dieu,
Son langage éclatant le publie en tout lieu,
Mais lui-même des dieux est la brillante image,
Il est le roi du monde et leur plus bel ouvrage.
Oui, grand astre, c'est toi le chef-d'œuvre des dieux,
Jamais ils n'ont créé rien de plus digne d'eux,
Jamais il ne sortit de leur main immortelle
Une œuvre plus superbe, une sphère plus belle.

Cet astre tu le vois, fier monarque de l'air,
Toi dont le vol rapide est semblable à l'éclair,
Toi qui, dans ton orgueil, dédaignes l'homme même,
Tu le vois, tu frémis, et ton trouble est extrême.

Du sommet sourcilleux de l'altier Pélion
Je te vois dans ta serre enlever ton aiglon,
D'un vol impétueux avec lui tu t'élances,
Dans le vague des airs longtemps tu le balances,
Puis d'un nouvel essor tu montes jusqu'aux cieux
Le montrer au soleil, l'exposer à ses feux.
Que veux-tu donc qu'il voie en cet immense espace,
Où le tient suspendu ta triomphante audace ?
Est-ce pour éprouver s'il est digne de toi ?
Ou plutôt n'est-ce pas, ô trop superbe roi,
Pour lui montrer que seul cet astre de lumière
Est digne de fixer son regard téméraire.

Tel qu'un fleuve profond qui, dans ses longs détours,
Enferme cent pays qu'il nourrit dans son cours,
Et dont l'onde en son lit, majestueuse et lente,
Coule toujours la même et toujours est naissante ;

Tel qu'un volcan encor dont les gouffres tonnants
Ne cessent de vomir les flammes par torrents ;
Abîme de clarté, depuis ton existence,
Tu la répands sans fin avec même abondance ;
De son brillant éclat tu remplis tous les airs ;
Source immense de vie, en ce vaste univers,
Toujours tu la produis, toujours tu la prodigues,
Sans jamais t'épuiser, sans que tu te fatigues.
Tel que tout ce qui vit, tu ne te réduis pas,
Tu ne crains ni le temps, ni la faux du trépas.
A ton œil pénétrant rien ne peut se soustraire.
Mille fois tes regards ont vu changer la terre ;
Mille fois ils ont vu ses nombreux habitants
Effleurer sa surface et fuir avec le temps ;
Les nations changer de lois, de mœurs, de maître ;
Les rois se diviser, se battre et disparaître ;
De nouvelles cités, des empires naissants
S'élever des déserts, et, bientôt florissants,
Se peupler, s'agrandir, devenir formidables,
Parmi les nations se rendre redoutables,
Puissants, dicter des lois, opprimer leurs voisins,
Aux limites du monde étendre leurs confins,
Puis, victimes des temps, ou jouets de la guerre,
Tomber, et de nouveau rentrer dans la poussière.
Les peuples s'assembler, d'abord faibles ruisseaux ;
Bientôt fleuves enflés déborder leurs canaux,
Torrents impétueux, franchissant leurs rivages,
Renverser tout rempart offert sur leurs passages,
Inonder à grands flots le monde submergé,
De ruines couvrir son globe ravagé,
Puis se perdant soudain dans ces profonds abîmes
Que la mort tient toujours ouverts pour ses victimes,

Tous enfin, peuples, rois, après un peu de bruit,
Retomber pour jamais dans l'éternelle nuit.

Tu n'éclaires donc plus que les débris antiques
De ces vastes cités jadis si magnifiques ;
Ces empires fameux sont tous anéantis,
Dans l'abîme des temps leurs noms sont engloutis.
O grand astre ! ô soleil ! tranquille au haut des nues,
Tu vois sous tes rayons leurs cendres confondues,
Les temps n'ont pas pour toi de changements divers.
Tu vois l'homme et ses faits passer dans l'univers,
Tu vois naître et finir ce monde peu durable,
Et toi, toujours le même, es toujours immuable.

Ah ! que sont devenus ces temples, ces autels
A ta gloire érigés par de pieux mortels ?
En vain sur leurs débris je promène ma vue,
Il n'en est plus : autels, peuples, temples, statue,
Tout est anéanti ; le Dieu triomphe aux cieux
Des ravages du temps, ce temps impérieux
Dont les rocs sur leur front porte la vieille empreinte,
Ce temps que l'univers ne voit pas fuir sans crainte,
Qui range et comprend tout sous sa puissante loi,
Frémit de ne pouvoir outrager jusqu'à toi.
Il ne peut t'outrager, ta sphère éblouissante
Triomphe au haut des airs de sa rage impuissante.
Dans l'espace embrâsé de ses feux rayonnants,
A travers le torrent des âges et des ans,
Suivant depuis les temps la lumineuse route
Qu'une main lui traça dans la céleste voûte,
Ton globe étincelant roule avec majesté,
Sans perdre sa splendeur, sans ternir sa beauté ;

Toujours environné de sa gloire admirable,
Il voit tout s'altérer et reste inaltérable.

Ton éclat, au contraire, ainsi que ta grandeur
Semblent renaître et croître avec plus de vigueur.
Aux rives du couchant que ta sphère décore,
Tu paraîs plus pompeux qu'aux portes de l'aurore,
Alors que tu finis ton cours vaste et fécond,
Un long voile de pourpre éclate à l'horizon;
Avant d'abandonner ta brûlante carrière
Tu l'inondes encor de traces de lumière,
Dont les riches couleurs, brillantes de tes feux,
Jusqu'au règne de l'ombre embellissent les cieux.
Antres impurs où gît le reptile et l'insecte,
Image de ces cœurs que l'air du vice infecte,
Vous ne les souillez pas ces pénétrants rayons,
Ils sont purs au milieu de vos exhalaisons;
Et s'ils vont éclairer vos voûtes dégoûtantes,
C'est sans ternir leur or, leurs beautés éclatantes.

Père du jour, reçois, jusqu'à la fin des temps,
Les hommages sacrés des nombreux habitants
Qui peuplent le dessus de ce double hémisphère;
Luis éternellement dans les cieux, sur la terre,
Candélabre du ciel, roi du monde et des cieux,
Vive image des dieux, sois immortel comme eux.
Tout manifeste en toi leur sainte intelligence;
Ah! que l'homme te loue en sa reconnaissance.
S'il te loue, ô Soleil! ses louanges, ses vœux,
Ne doivent pas déplaire aux dieux, aux justes dieux;
Et s'il pèche, adorant en toi leur sainte image,
Tes éternels bienfaits excusent son hommage.

Oh ! comme en t'admirant je m'élève et m'instruis !
Tu m'émeus, m'agrandis et m'apprends qui je suis.
Que mon âme à ta vue éprouve d'allégresse !
Ton front majestueux lui révèle sans cesse
Sa céleste origine et la divinité.
Oui, les dieux m'ont créé pour l'immortalité.
Je n'en saurais douter lorsque je te contemple :
En toi je vois leur œuvre et leur sublime temple,
Chacun de tes rayons dans son éclat fait voir
Leur suprême existence et leur divin pouvoir,
Leur majesté sans borne et leur gloire immortelle,
Dont ils ne sont pour nous qu'une faible étincelle.

FIN DU PREMIER CHANT

CHANT SECOND.

Quand l'être souverain en sa toute puissance
Voulut à ce qui vit dispenser la naissance,
Lorsqu'enfin il brisa de sa divine main
Les cent chaînes de fer et les voûtes d'airain
Qui, tenant confondus dans des prisons profondes
Et les cieux et les airs, et la terre et les ondes,
Captivaient avec eux le jour dans le néant :
Quand, tel qu'un glorieux et superbe géant
Qui, fier de son renom, au sein d'une carrière
Déploie avec orgueil sa contenance altière,
Dans les airs étonnés, brillant de ta splendeur,
Tu parus déployant ta gloire et ta grandeur,
Et qu'avec majesté, ta sphère éblouissante
Fit voir à l'univers sa beauté ravissante ;
Soleil ! pour t'admirer, les habitants des cieux
Sortirent de l'Olympe éblouis de tes feux.
Ils vinrent contempler ce magnifique ouvrage,
Et reconnaître en toi leur immortelle image.
Du centre des enfers Proserpine et Pluton
Quittèrent pour te voir leur trône et l'Achéron.
Neptune s'éleva de ses grottes profondes,
Les dieux de son empire, avec lui sur les ondes,
Environnant son char, et suivis d'un essaim
De monstres que la mer renferme dans son sein,
Accoururent se joindre à la nature entière
Pour contempler l'éclat de ta vive lumière.

Le chaos s'étonna de t'avoir enfanté,
Et se vit débrouiller aux feux de ta clarté,
Le ciel vit s'animer ce que ton cours enferme ;
La terre dans son sein sentit naître le germe ;
L'immensité des airs, le vaste lit des eaux,
Soudain furent peuplés de mille êtres nouveaux.
Des vives régions où se lève l'aurore
Jusqu'aux bords où la nuit d'étoiles se décore ;
Des arides climats du midi couronnés
Jusqu'aux lieux où le nord tient les flots enchaînés;
Tout avec ta grandeur et ta magnificence
Ressentit à l'instant ta bénigne influence.

Ton disque, astre divin, reparaît tous les jours
Et tous les jours comprend notre globe en son cours.
L'aurore au front vermeil, aux mains resplendissantes
Ouvre à peine du jour les portes éclatantes,
A peine l'Orient, embrâsé de tes feux,
Annonce le départ de ton char radieux,
Que, tel qu'un conquérant chéri de la victoire,
Qui vient faire éclater son triomphe et sa gloire,
Ou qu'un cygne orgueilleux qui, souverain des eaux,
Fend la vague écumante et brille au sein des flots,
Tu détaches des bords de la céleste voûte
Ta sphère rayonnante, et commence ta route.
Tu t'élèves, tu pars, et ton premier rayon
D'un déluge de feux inonde l'horizon.
Tu fends les champs de l'air, et ta course féconde
Avec magnificence embrasse tout le monde.
Du haut des cieux, ton char avec rapidité
Lance les traits ardents de ta vive clarté ;

Tout s'embrâse, déjà les étoiles pâlissent,
Sur l'aile des zéphirs les vains songes s'éclipsent,
Le doux sommeil s'envole, et dans ses antres creux
La nuit fuit en pliant ses voiles ténébreux.
La nature renaît, s'anime, se réveille,
Et la terre sourit à ta clarté vermeille.

Apercevant tes feux qui dorent son rameau,
Les oiseaux réveillés voltigent dans l'ormeau,
Ils secouent la rosée humectant leur plumage,
Et chantent ton retour dans un nouveau ramage.
Au bruit de ces concerts, de ces transports joyeux,
L'homme élève son front, ce front impérieux
Fait pour te contempler et régner sur tout être.
Il regarde les cieux, et te voyant paraître,
D'un cœur reconnaissant, d'un œil respectueux,
Il t'adore et t'admire à ton lever pompeux.

Ainsi les coups frappants de ce bruyant tonnerre
Qui la veille en grondant faisait trembler la terre,
Et dont l'écho lointain avec un sourd fracas
Roulait dans les forêts les rapides éclats,
Ces foudres mugissants, dont la voix formidable
Remplissait les vallons d'un bruit épouvantable,
Ne retentissent plus dans l'espace des airs,
Et cessent de troubler la paix de l'univers.
Jamais le ciel ne vit sa voûte plus brillante ;
La nature jamais ne parut plus riante,
L'air est pur, tout sourit dans les lieux d'alentour.
Ah! qu'il est doux de voir, au matin d'un beau jour,
Naître ces tendres fleurs dans ces vertes prairies !
Qu'il est doux d'admirer ces collines fleuries,

Et de respirer l'air qu'embaument ces parfums !
Tranquille en ce vallon, loin des bruits importuns,
Je vais, charmant ruisseau suivre ton onde pure
Qui, parmi ces ormeaux et sur cette verdure,
Serpente en murmurant et se perd dans ces bois.

Que d'aimables objets m'enchantent à la fois:
Ici, dans un bassin d'une figure ronde,
Je contemple les jeux des habitants de l'onde,
Et tous leurs mouvements plus prompts que les éclairs,
Qui les montrent aux yeux sous mille aspects divers.
Excités par les feux d'un jour pur et tranquille,
Ils s'élèvent du fond de leur limpide asile;
Je me plais à les voir dans leurs joyeux transports
Frétiller de plaisir en côtoyant les bords,
Et l'un l'autre à l'envi, déployant leur vitesse,
S'élancer, se croiser, nager, plonger sans cesse,
Sans jamais de ces eaux troubler la pureté.
Là, d'un cygne élégant j'admire la beauté,
Je le vois, dans l'orgueil de sa marche imposante,
Déployer sur le fleuve une aile éblouissante ;
Tantôt en s'agitant, et tantôt en repos
Suivre dans leur courant ou remonter les eaux,
S'avancer lentement sur le bord du rivage,
Et fier de la blancheur de son brillant plumage,
En épurer l'albâtre aux doux rayons du jour.
Là, de riants berceaux m'invitent à leur tour.
Je m'étends mollement sous leur sombre feuillage,
Et respire le frais d'un salutaire ombrage.

Que ces lieux ont d'attraits ! que mon cœur enchanté
A leur charmant aspect goûte de volupté !

Je ne vois qu'agrément, la brillante nature
Aux yeux de son époux étale sa parure.
Tout s'anime à l'envi, tout sourit de bonheur,
Le ruisseau fait entendre un murmure flatteur,
Sur son penchant fécond, qu'un doux soleil colore,
Le côteau rajeuni voit ses charmes éclore ;
Le feuillage s'agite au souffle du zéphir,
Les prés et les vergers s'empressent de fleurir,
Sur l'herbette l'agneau bondit avec sa mère,
La chèvre pend au roc et broute la fougère,
Là, sur ce bord heureux, assis près de ces eaux,
J'entends, avec transports, une foule d'oiseaux
Qui chantent le printemps sur cet antique chêne,
Vénérable ornement de cette vaste plaine.
Le rossignol jaloux, sur son sommet altier,
Enfle tous les ressorts de son souple gosier ;
Il en tire des sons, qu'il cadence et varie,
Et de ses doux accents fait ouïr l'harmonie.
Ses rivaux, confondus, interrompent leurs chants
Pour écouter en paix les savants roulements,
Et les justes accords du dieu de leur musique.

Habitants enchanteurs de ce lieu pacifique,
Hélas! ces doux concerts, vos plaisirs vont finir,
Près de vos chers petits, déjà je vois venir
L'oiseleur inhumain : il les guette, il s'avance
Vers cet endroit où gît votre chère espérance.
Le cruel, je le vois, son pas trop attentif
Se dirige vers eux ; déjà son œil furtif
Parcourt un cher buisson ; dans son épais feuillage
Son adresse perfide ouvre un libre passage ;

Il y regarde, il voit, fuyez petits oiseaux,
Fuyez en d'autres lieux, sur de plus sûrs rameaux.
Quittez, pour vous soustraire à sa main meurtrière,
De vos plus tendres jours la branche hospitalière ;
Hélas ! il n'est plus temps ; insensible à vos cris,
Sa ravissante main, ô trop faibles petits,
Emporte votre nid loin de ce doux asile
Où vous goûtiez en paix un repos si tranquille !
Il l'emporte, il vous tient, et ravit pour toujours
A vos tendres parents le fruit de leurs amours.
Quelles plaintes, quels cris, quels accents de tristesse
Dans les champs, dans les bois vont résonner sans cesse !
Oh ! couple malheureux ! parents infortunés !
Ces bocages chéris, ces côteaux fortunés,
Ces propices berceaux dont l'ondoyant feuillage
A vos jeux innocents prête son doux ombrage,
Bientôt n'apprendront plus, hélas ! que vos tourments !
Echo qui, jour et nuit, répète vos accents,
Dans ces lieux que vos chants rendent si délectables,
N'entendra, bientôt plus que vos cris lamentables.
Dans les profonds vallons, dans les sombres forêts,
Il ne redira plus que vos tristes regrets.

Déjà l'onde est percée, et l'hameçon perfide,
Suivant toujours la main qui le tient et le guide,
Circule lentement dans les flots argentés ?
Trop aveugles poissons, vous vous le disputez,
Cet appât séducteur, il vous plaît, vous amuse,
Ah ! redoutez ses coups, le cruel vous abuse ;
Evitez son abord, fuyez, fuyez plutôt ;
Laissez-le balancer en vain au gré du flot.

Mais il a disparu, déjà je vous vois suivre
De l'avide pêcheur la ligne qui vous livre ;
Il vous amène à lui, vous prend avec transport,
Vous dépose, captifs, près de lui, sur le bord,
Et d'un œil inhumain il admire avec joie
Sauter, sur le gazon, sa palpitante proie.
Êtres doux et craintifs des divers éléments,
Qui des sensibles cœurs faites les agréments,
Hôtes de nos bosquets, et vous, peuples de l'onde,
Le plus grand ennemi qui, pour vous, soit au monde
Est donc l'homme ! Cruel, ne saurait-il, ailleurs,
Sur des êtres moins doux exercer ses fureurs ?
N'est-il donc d'élément qui puisse vous soustraire
Aux homicides coups de sa main meurtrière ?
Le barbare !... eh ! s'il aime à répandre du sang,
Faut-il qu'en ses filets tombe un être innocent ?
S'il ne veut exercer que le meurtre en sa vie,
Qu'il aille s'en repaître au sein de la Lybie,
Sur l'aride Taurus, de leurs rocs caverneux
Qu'il arrache les ours, les lions furieux ;
Qu'il les dompte au désert ces monstres effroyables,
D'eux-mêmes et de l'homme, ennemis redoutables,
Et qu'il laisse en nos champs exister en repos
Le timide habitant et des airs et des eaux.
Mais qu'entends-je ? quel bruit, quel horrible vacarme,
Dans le monde effrayé sème partout l'alarme ?
De lamentables cris, de douloureux accents
Viennent frapper mon âme et glacer tous mes sens ?
La plaine a retenti du clairon de la guerre,
L'airain meurtrier tonne et fait trembler la terre.
Que vois-je ? quel carnage ! ô spectacle d'horreur !
La flamme éclate en l'air ; les hommes en fureur,

Armés par Némésis, excités par le crime,
Tombent, couverts de sang, et meurent en victime.
Dans leur main étincelle un homicide fer,
Ils s'en frappent, se tuent... ô rage de l'enfer !
Oh! mortels forcenés ! hommes impitoyables!
Quelle Alecto branlant ses serpents effroyables,
Les lance dans vos cœurs ? Arrêtez, malheureux!
La fureur vous aveugle, ouvrez enfin les yeux,
Voyez et frémissez... sous vos mains sanguinaires
Ces hommes expirants, ces hommes sont vos frères...

Voilà tes attentats, funeste ambition,
C'est toi qui dans les cœurs mets la division.
Terrible soif de l'or, c'est toi qui, de la terre,
Fais un théâtre affreux des horreurs de la guerre ;
Et qui, les embrâsant de tes feux criminels,
Portes à tout excès les aveugles mortels.
O toi, qui reculas dans la voûte sacrée,
Pour ne pas éclairer de Thyeste et d'Atrée
Le festin odieux, refuse ton flambeau,
Soleil, à tant d'horreurs ; la guerre, ce fléau
Que des dieux irrités nous lance la colère,
Est indigne de voir l'éclat de ta lumière.
N'éclaire que des rois humains et généreux,
Qui mettent leur bonheur à rendre un peuple heureux ;
Et qui, pleins de sagesse, abhorrent, dans la guerre,
Un châtiment affreux des crimes de la terre.
Que les noirs souterrains, ces horribles caveaux,
Où résonne le fer sous le poids des marteaux,
Que ces antres profonds, où la mort et le crime
Vont aiguiser les traits qui frappent leur victime,

Que ces lieux ténébreux, ennemis de la paix,
Dans le fond des enfers s'abîment pour jamais;
Que du fumant Etna, les forges embrâsées
Croulent, et sous le poids de leurs voûtes brisées,
Ecrasent, pour jamais, le farouche Vulcain.
Qu'il périsse, ce Dieu, sous qui tremble l'airain,
Qu'ils périssent aussi, ces Cyclopes horribles
Qui, pour hâter la mort, font ces armes terribles.
Objet de nos tourments, qu'ils ne reviennent plus
Désormais en travail, l'œil en feu, les bras nus,
Le corps tout ruisselant d'une sueur fumante,
Enfoncer, sous leurs coups, l'enclume gémissante,
Et sans cesse forger, pour le Dieu des combats,
Ces lames et ces traits qui portent le trépas.

Hélas ! ce Dieu cruel, dans sa terrible rage,
Il vient de me ravir l'ami de mon bas-âge,
Le charme de mes jours, la moitié de mon cœur,
L'unique et cher objet de mon plus doux bonheur ;
C'était le confident, l'humble dépositaire
De tous mes sentiments. Hélas ? autant qu'un frère,
Il m'était précieux ! il n'est plus... malheureux,
Où retrouver ce cœur sensible et généreux ?
Cette bonté, ces mœurs et cette sympathie
Qui liait nos penchants et charmait notre vie ?
Il n'est plus, pour jamais il a quitté le jour !
Son père, ô coup affreux, dont il était l'amour,
Son père, qui pour lui chérissait l'existence,
Qui trouvait dans lui seul toute sa jouissance;
Ce malheureux vieillard, dont il faisait l'espoir,
N'aura donc plus la joie, hélas ! de le revoir !

Quels chagrins, quels tourments vont abréger sa vie !
Son épouse adorée et si digne d'envie,
Qui bénissait naguère et son sort et ses jours,
Et demandait aux dieux d'en prolonger le cours,
Maintenant désolée, en proie à la tristesse,
Ne reverra donc plus l'objet de sa tendresse !
Elle ne verra plus ce précieux époux,
Ce père si sensible, et cet amant si doux,
Son enfant jeune encore, ignorant sa misère,
Ne l'appellera donc jamais du nom de père.
Pour lui, ce nom si doux doit rester inconnu ;
Dans l'enfance jamais son langage ingénu
A cet auteur si cher de sa tendre existence,
N'exprimera sa joie et sa reconnaissance,
Et jamais il n'ira, du sein qui le nourrit,
Presser sur un bon père un cœur qui le chérit !
C'en est fait ! il n'est plus ! lui, dont les destinées
Devaient favoriser les prospères années,
Il n'est plus ! le soleil ne luira plus pour lui,
Pour lui dans l'univers rien n'existe aujourd'hui.
Mais de la guerre, hélas ! si les tristes victimes
Sont sensibles encor dans les sombres abîmes,
Si leur âme est encore ouverte à la pitié,
Les pleurs, jeune héros, que la tendre amitié
Sur ton triste tombeau ne cesse de répandre,
Attendriront ton ombre, en arrosant ta cendre.
Rentre, exécrable guerre, horreur de l'univers,
Rentre dans ton repaire au fond des noirs enfers !
Monstre altéré de sang qui vis dans les alarmes,
Disparais ! avec toi, disparaîtront nos larmes.

Malheur donc au premier, malheur à ce mortel,
Qui de Mars ouvrira le temple criminel.
Malheur, dis-je, au rebelle, au téméraire impie,
Qui, voulant réveiller la discorde assoupie,
Et troubler le repos, la paix du genre humain,
Appliquera sur elle une coupable main,
Et secouant sa torche, emblême des alarmes,
Fera briller l'épée, en s'écriant aux armes !

C'est à vous que je parle, écoutez souverains ;
Fils dû grand Jupiter sa foudre est dans vos mains.
Sur terre il vous revêt de la grandeur suprême,
Vous donne ce pouvoir, ces droits tant qu'il vous aime.
Mais dès que vous cessez de le représenter,
Et que vos actions n'ont fait que l'irriter,
Dès que par les forfaits d'une vie inhumaine,
Vous avez provoqué sa vengeance et sa haine,
Alors, de l'univers ce grand dominateur
Descend en maître, étend sur vous son bras vengeur,
Brise ces sceptres vains, détruit votre puissance ;
Et bannit le pervers de sa sainte présence.

O ! qu'il est au-dessus de ces dévastateurs,
Ce roi, dont les vertus lui gagnent tous les cœurs !
Que ce père clément, que ce prince équitable,
Aux yeux de ses sujets se rend bien plus aimable ;
Et que son cœur, ses vœux, ses mœurs sont différents
De ceux de ces héros, farouches conquérants,
Qui du haut de leur char, affamés de carnage,
Ne respirent que meurtre et dédaignent le sage.

Descends, aimable Paix, fille des Immortels,
Du céleste séjour, descends sur nos autels.
Ah! viens nous délivrer du démon de la guerre;
Que ton règne renaisse et console la terre,
Et pour l'éterniser chez les faibles humains,
Viens enchaîner les cœurs des altiers souverains.
Qu'ils cessent de troubler les cieux, la terre et l'onde,
Et qu'enfin le bonhenr renaisse dans le monde.
Mais toi, que des combats le carnage et l'horreur
Font trembler d'épouvante et glacent de frayeur,
Toi, que les fiers lauriers de Mars et de Bellonne
Tentent moins que de lierre une simple couronne,
Et que l'humble désir de plaire aux tendres cœurs,
Flatte plus que l'orgueil de peindre des horreurs,
O ma muse, reprends tes chalumeaux champêtres;
Quitte un triste pinceau, laisse les mortels êtres,
Et sur un ton plus doux et plus harmonieux,
Continue à chanter l'astre éclatant des cieux.

FIN DU SECOND CHANT

CHANT TROISIÈME.

L'hiver s'est retiré dans ses grottes profondes,
Les autans furieux n'irritent plus les ondes,
La neige sous son poids n'affaisse plus les champs,
Sous les feux du soleil elle fond par torrents.
Auster ne rugit plus dans les vastes campagnes,
Le sommet nébuleux des altières montagnes
Ne se dérobe plus dans les épais frimats;
La grêle meurtrière a cessé ses dégats.
Des Pléïades, en pleurs, le groupe lamentable
Enfin n'épanche plus son urne intarissable.
Ses larmes, ses soupirs n'effeuillent plus l'ormeau
Et cessent de flétrir les attraits du côteau.
Un ciel riant succède aux frimats de l'automne
Et ranime les champs de Flore et de Pomone.

Tout renaît à l'aspect de l'aimable printemps.
Les limpides ruisseaux, captifs depuis longtemps,
Murmurent de nouveau dans la verte prairie,
L'oiseau chante l'amour sur la branche fleurie;
Perçant un tendre émail, déjà de jeunes fleurs
Exhalent en naissant leurs suaves odeurs.
Leurs boutons grossissant sur leurs tiges flottantes
S'entr'ouvrent, et font voir des couleurs éclatantes;
Les zéphirs, animant les bosquets, les berceaux,
Rident légèrement la surface des eaux;

Ils caressent la fleur et la feuille nouvelle,
Et l'aident à sortir du sein qui la recèle.
L'arbre qu'avait séché l'aquilon rugissant
Couronne ses contours d'un feuillage naissant ;
Ses rameaux étendus et recourbés en voûte,
Offrent au voyageur de l'ombre dans sa route.

Engourdi tout l'hiver par la rigueur du froid,
Le serpent, du passant la terreur et l'effroi,
Entraînant des débris de ronces et d'épines,
Sort du creux des rochers et des vieilles ruines ;
Où, roulé sur lui même, il gisait paresseux.
Le gazon s'aplanit sous ce ventre écailleux.
Telles que deux flambeaux, ses ardentes prunelles,
En roulant dans ses yeux lancent des étincelles ;
Et rampant au soleil, ses replis sur son dos
Font briller le venin qui gonfle ses anneaux.
Il dresse avec orgueil sa tête menaçante,
Sa langue en flèche sort de sa gueule fumante,
Agitant son long corps et son triple aiguillon,
Sur la pelouse il trace un tortueux sillon,
Et tandis que son poids foule l'herbe et la mousse,
La plaine retentit des sifflements qu'il pousse.

Dans les riants vallons, depuis peu ranimés,
Sur les viornes fleuris, sur les thyms parfumés
L'abeille, en bourdonnant, se repose et picore
L'essence de la fleur que zéphir fait éclore.
Recueillant avec soin tant de sucs précieux ;
Empressée, on la voit du buisson épineux
Voltiger au jasmin, de l'éclatant narcisse
Revenir sur la rose, et, dans ce beau calice,

Dans ce globe vermeil extraire avidement
D'un miel, digne des dieux, le plus pur élément.

Au penchant des côteaux, sauvage et bondissante,
La chèvre en gravissant broute l'herbe naissante;
Tandis qu'au pied tranquille au milieu des troupeaux,
La timide brebis allaite ses agneaux.
Les bergers, qui du sein d'une pierre rebelle
Faisaient jaillir en l'air la captive étincelle,
Et qui, glacés du froid que l'hiver rigoureux
Des cavernes du nord apportait en ces lieux,
Brûlaient, pour se chauffer, sur un tertre de sable,
Le tronc noueux d'un cèdre ou d'un antique érable,
Folâtrent maintenant couchés le long des bois,
Et mêlent leurs accents au son de leurs hautbois.
O grand astre ! c'est toi, c'est ta bénigne flamme,
Qui fait tout leur bonheur et transporte leur âme,
Ah ! c'est à ton aspect, que brillent dans leurs yeux
Cette noble candeur de leur cœur vertueux,
Cette pure gaîté qui plaît et fait envie,
Et cet amour des champs, délices de leur vie.

Montés sur des coursiers, dont le frein écumeux
Peut à peine dompter les bonds impétueux,
Et qui, par leurs regards et leur fougueuse audace,
Impriment la terreur et dévorent l'espace,
Les chasseurs, dès l'aurore, armés d'un long couteau,
Poursuivent dans les bois le timide chevreau.
Ceux-ci lancent le cerf, dont l'extrême vitesse
Le soustrait au péril, et trompe leur adresse;
Il court à travers champs, franchit monts et côteaux,
Descend dans les vallons, s'élance, fend les eaux ;

Part encor, bondit, vole, échappe à leur poursuite
Et gagne la forêt, qui dérobe sa fuite.
Ceux-là donnent du cor, dont les belliqueux sons
Sont répétés des bois, des monts et des vallons,
Et ramènent devant un sanglier horrible
Tous leurs chiens effrayés de l'animal terrible,
Qui, malgré mille coups dont il est tout percé,
Furieux, intrépide, et le crin hérissé,
Soutient avec ardeur leur attaque bruyante ;
Et bientôt les fait tous reculer d'épouvante,
En perçant l'un d'entre eux, que d'un coup violent
Il fait sauter en l'air, entr'ouvert et sanglant.

Brouillards contagieux, frimats, crêpes funèbres,
Qui plongez l'univers dans de sombres ténèbres ;
Fuyez tous à l'aspect du grand astre des cieux.
Cessez de dérober plus longtemps à nos yeux
Le spectacle imposant de ces hautes montagnes,
Qui, par amphithéâtre, abritent les campagnes,
Et qui, bravant le temps depuis l'éternité,
D'un sommet orgueilleux toisent l'immensité.
Laissez-nous découvrir ces cîmes maternelles,
Que chargent loin de nous des glaces éternelles :
De l'éclat du soleil miroirs resplendissants ;
Qui brillent de ses feux réfléchis dans les champs,
Et qui lorsque cet astre a quitté sa carrière,
Dans le monde, après lui, prolongent sa lumière.

Tes regards, ô soleil ! tes regards triomphants,
Dissipent devant eux les nuages errants.
Du haut du firmament que ton éclat épure,
Bientôt tu vas briller sur toute la nature,

Avec pompe tu vas sortir de l'océan,
Et replonger encor la nuit dans le néant.
Déjà sur l'horizon ton globe ardent s'avance,
Tu t'élèves, tu pars pour l'Empirée immense ;
Et, dans le même instant, mille nouveaux concerts
Vers toi prennent l'essor, du sein de l'univers.
Ton éclat dore au loin la cîme des montagnes,
Le jour croît et descend sur les vastes campagnes,
Le ciel se teint d'azur, l'air s'embrâse et frémit,
Et dessous ton zénith la nature gémit.
La terre ranimée à ta chaleur puissante,
Ouvre son sein fécond qui s'échauffe et fermente,
Et tressaille en l'ardeur de tes embrassements
Qui l'ornent des attraits, des grâces du printemps.
Tes feux vivifiants, en dardant la lumière,
Vont jusques dans son sein animer la matière;
Avec profusion, ces rayons créateurs
Y répandent le germe et des fruits et des fleurs ;
Y brillantent cet or, ces pierres dont le lustre
Des altiers souverains ornent le front illustre ;
Et qui, réfléchissant ton éclat radieux,
Plus riches et plus beaux, éblouissent les yeux.

Des mugissantes mers la surface ondoyante
Balance dans son lit une pourpre éclatante.
Dans ce vaste miroir tes rayons reproduits
Flottent au gré des vents, forment mille replis ;
Le flot, en murmurant, roule leur or liquide;
La vague, en se brisant en bat la rive humide ;
Et lorsque déchaînés les autans furieux,
En les amoncelant, les poussent jusqu'aux cieux,

Ils semblent, élancés d'une rapide course,
En montagne de feu remonter vers leurs source.

Epoux de la nature, avec quelle grandeur
Tu remplis chaque jour son sein conservateur
De sève et de trésors ! avec quelle excellence
Ton disque créateur vient sur ce corps immense,
Avec tous les bienfaits de la paternité,
Prodiguer les rayons de la fécondité !
Alors que tu paraîs, tout se meut dans l'espace
Que ta lumière éclaire et que ton cours embrasse.
Tout respire, tout vit, dans les champs, dans les airs,
Sur le sommet des monts et jusqu'au sein des mers.
Tes feux, ô dieu du jour ! vont avec abondance
A des êtres sans nombre apporter l'existence ;
Et, les tirant du sein de l'informe chaos,
En peupler et remplir l'immensité des eaux.

Ainsi la mort a beau dans les sombres abîmes
Engloutir chaque jour des milliers de victimes,
Ta féconde chaleur répare tous ses torts,
Et trompe chaque jour l'espoir de ses efforts.
Au milieu des débris de la triste vieillesse,
Les générations se relèvent sans cesse.
Rien ne meurt, tout renaît, et l'immortel berceau
Sur la terre toujours triomphe du tombeau.
Je vois de tous côtés le fleuve de la vie
Renverser les remparts de la mort ennemie ;
Je le vois, à travers les ravages du temps,
Rouler d'un cours vainqueur des flots toujours naissants,
Entraîner les débris, les ruines du monde,
Sans cesse rajeunir la terre qu'il inonde,

Engloutir des tombeaux, et la création
Triompher avec lui de la destruction.

Toi qui, maître du temps, répares ses désordres,
Dès le commencement tu lui donnas ces ordres:
« Que ton rapide vol suive à présent mon cours,
« Que ton cercle dispense et les nuits et les jours;
« Je veux que les saisons se partagent l'année,
« Et que l'une toujours par l'autre succédée,
« De l'homme tour à tour variant les plaisirs,
« Augmente son bonheur et comble ses désirs. »
Voilà l'immortel fruit de ta munificence,
Astre dont l'univers reconnaît l'influence;
Voilà tes heureux dons, voilà tes grands bienfaits.
Ah! que l'homme ici-bas les célèbre à jamais;
Que toujours ces bienfaits, présents à sa mémoire,
Le fassent te bénir, rendre hommage à ta gloire :
Et si son cœur pouvait les omettre un instant,
Que ce sublime accord, que cet ordre constant
Qui, dans l'immensité, révèlent ta puissance,
Te rappellent sans cesse à sa reconnaissance.
Du Dieu, dont la parole enfanta l'univers,
Les ordres t'ont soumis les éléments divers;
De leur sein, sous tes feux, naît tout ce qui respire,
Chacun d'eux reconnaît ton souverain empire.

Quand la foudre du ciel frappe à coups redoublés
Des monts audacieux les sommets ébranlés;
Quand pleines de fureur, les mers épouvantables
Entr'ouvrent, en grondant, leurs gouffres redoutables;
Quand les frêles vaisseaux de la cîme des airs
Tombent ensevelis dans l'horreur des enfers,

Et que le matelot, dans ce péril extrême,
Délaissé de son art, s'abandonne lui-même ;
Quand Neptune irrité de ce désordre affreux,
Frappant de son trident les flots séditieux,
Et commandant aux mers qui, toutes courroucées,
Roulent loin de leurs bords leurs digues renversées,
Veut en vain apaiser leur terrible fureur ;
Si ton front enflammé, ce front consolateur,
En dardant ses rayons, s'élève sur les nues,
Soudain tout est calmé, les mers sont retenues.
Le flot perd sa fureur, la tempête son bruit,
Vers Lipare, Borée, en rugissant, s'enfuit ;
Et l'alcyon, qu'Eurus poursuivait dans sa rage,
Recommence son nid et ne craint plus l'orage.

Échappé des dangers, ne craignant plus la mort,
Rassuré, le pilote, avec un doux transport,
Voit frémir un vent frais dans ses voiles flottantes,
Et son navire, au sein des ondes écumantes,
Voguer paisiblement. Alors, d'un air pieux,
Levant au ciel ses mains et ses humides yeux,
D'une voix, par la joie oppressée et tremblante,
Il prononce humblement sa prière fervente,
Adore un Dieu puissant, l'invoque, et dans son cœur
Des éléments calmés bénit l'astre vainqueur.
A tes propices feux des victimes ornées
Pour toi sont par ses mains sur la proue immolées :
Le sang fume au milieu d'un nuage d'encens
Qui monte vers les cieux sur les aîles des vents ;
Et tandis que dans l'air l'offrande se consume,
L'aviron fend en paix les flots blanchis d'écume.

Je t'entends l'invoquer cet astre bienfaisant,
Vénérable vieillard, qui comptes à présent
Près d'un siècle de vie, et de vie aussi pure
Que le brillant cristal du ruisseau qui murmure :
Je t'entends le louer cet objet de tes vœux,
Tu chéris l'existence à l'aspect de ses feux,
Tu l'implores sans fin, tu le bénis sans cesse.
C'est à lui que ta voix, ta frèle voix s'adresse,
Quand au soir d'un beau jour tu reviens à pas lents
De tes champs que tes mains ont cultivé longtemps,
Et gagnes, entouré de ta chère famille,
Le paisible foyer de ton modeste asile,
Suivant avec un cœur et des yeux attendris,
Les détours vagabonds des enfants de tes fils.
Les uns, dans les transports d'une vive allégresse,
Suspendus à ton cou, te comblent de caresse ;
Les autres devant toi conduisent tes troupeaux,
Que tu vois répandus au front de ces côteaux.
Aux rayons pâlissants d'un reste de lumière,
Ils promènent sur l'herbe une dent nourricière,
Foulent d'un pied léger le gazon renaissant,
Et vers tes longs bercails descendent en bêlant.
Tu caresses ce chien vigilant et fidèle,
Qui sauva l'autre jour ta brebis la plus belle
De la gueule d'un loup, la terreur du troupeau.
Ceux-ci, dans ce vallon qu'arrose un clair ruisseau,
Te montrent un agneau qui ne fait que de naître,
Et que sa mère allaite au pied de ce vieux hêtre ;
D'autres, à tes côtés, s'empressent de t'offrir
Des fruits de tes vergers qu'ils viennent de cueillir.
Ils te prennent les mains, et, d'un riant visage,
Te désignent du doigt, dans cet épais feuillage,

Un nid qu'ils ont trouvé ; tu le cherches des yeux,
L'aperçois, et veux bien t'en réjouir comme eux.

Négligemment montés sur un âne indocile,
Dont l'aiguillon ne peut hâter le pas tranquille,
Ceux-là font répéter aux échos des vallons
De leurs pipeaux légers les rustiques chansons.

Ainsi, dieux immortels, d'une main bienfaisante,
Vous comblez de vos dons la vieillesse innocente ;
Ainsi vous dispensez le céleste bonheur
A qui vous offre purs et son âme et son cœur.

Oh ! vieillard, que tes ans, ta sagesse admirable
Aux regards des mortels rendent si vénérable !
Solitaire et tranquille au sein de ces vallons,
Tes yeux ont déjà vu quatre-vingt-dix moissons ;
Ces figuiers, ces tilleuls, ces marronniers, ces frênes
Qui bordent ces côteaux et croîssent dans ces plaines,
Ces peupliers altiers, ces chênes orgueilleux
Qui d'un rapide élan portent leur cîme aux cieux,
Ta main les a plantés, tes yeux les ont vus naître,
Pousser leurs verts rameaux, puis de plus en plus croître,
Surpasser en hauteur des rochers et des monts,
Et d'une écorce épaisse, habiller leurs vieux troncs.
A l'ombre maintenant de ces rameaux antiques,
Tu viens te délasser de tes travaux rustiques ;
Couché sur le gazon, tu viens avec plaisir,
Y jouir des douceurs d'un propice zéphir.
Tes membres, rafraîchis par cet air salutaire,
Reprennent leur souplesse et leur force première,

Et, pour comble de biens, une heureuse santé
Couronne tes désirs et ta félicité.
Ainsi coulent tes jours, ainsi de l'innocence
La paix et le bonheur charment ton existence,
O père vertueux ! déjà tes pas tardifs
Ont laissé derrière eux ses verdoyants massifs
Qui cachaient à tes yeux ta modeste cabane ;
Déjà tu vois de loin cet antique platane,
Dont les bras étendus la couvrent en entier.
Là, sans faste, sans art, près d'un simple foyer,
Un sain repas t'attend sous ce chaume tranquille,
Où va se réunir ta nombreuse famille ;
Avec elle tu vas partager ces beaux fruits,
De tes riches vergers salutaires produits.
Ces figues, ces raisins, ce pain frais, ce laitage
Qu'humblement te prépare une main pure et sage ;
D'un pénible labeur, là ton corps affaibli,
Par ce sain aliment désormais rétabli,
Dans les bras d'un sommeil exempt d'inquiétude,
Va, recouvrant ses feux, perdre sa lassitude,
Et ranimer encor cette jeune vigueur
Qui triomphe de l'âge et brave sa rigueur.
Déjà tu t'assoupis, tes paupières succombent,
Ton chef s'appesantit, tes mains sans force tombent,
Tu t'endors dans la paix, jusqu'à ce que le jour
A tes heureux travaux te rappelle à ton tour.
Quel désir ennemi de ta béatitude
Peut en troubler le cours par son inquiétude ?
Quels vœux peux-tu former ? de célestes bienfaits
Préviennent tes besoins et passent tes souhaits ;
Ta vieillesse est sans maux, tes enfants te chérissent,
Tu les vois cultiver les champs qui les nourrissent.

Tes troupeaux sont nombreux, tes vergers beaux en fruits,
Tes guérêts hérissés d'innombrables épis ;
L'abondante moisson que présentent tes plaines,
L'émail de tes vallons qu'abreuvent ces fontaines,
Tout seconde tes vœux et comble ton bonheur.
Entends de ce ruisseau le murmure enchanteur,
Vois, dans l'étroit miroir de son eau fugitive,
Les astres mariés aux attraits de sa rive :
Entends ces rossignols dont les tendres accords
Expriment si gaîment leurs jeux et leurs transports,
Ces folâtres zéphirs d'une amoureuse haleine
Agiter mollement les rameaux de ce chêne.

Vois, dans ce ciel serein, comme paisiblement
La lune au pâle front roule son char d'argent,
Ces étoiles peuplant la voûte lumineuse
Percer de leur éclat la nuit silencieuse.
Vois comme la rosée humecte ces ormeaux,
Ces saules vacillants, ces humbles arbrisseaux.
Vois comme elle blanchit le tapis des prairies
Qui paraît tout semé de riches pierreries ;
Et comme elle éblouit des plus vives couleurs,
En mouillant ces gazons et ces penchantes fleurs.

Vois sortir des forêts, du creux des vieux érables,
Ces faunes, ces sylvains et ces nymphes aimables.
Vois ces dryades fuir ces satyres légers,
Et courir se cacher derrière ces rochers.
Vois-les se poursuivant au milieu de la plaine,
Voler sur le gazon, qu'il font plier à peine.
Ici, sur l'herbe tendre, à l'ombre de ces bois,
Jouer, danser en rond, aux gais sons du hautbois.

Mortel chéri des dieux, le naissant crépuscule,
L'aurore qui s'avance, et la nuit qui recule
T'annoncent que déjà, l'objet de tes souhaits,
Le soleil reparaît, plus brillant que jamais.
C'est ainsi qu'inspiré par la nature entière
Je célébrais le Dieu qui répand la lumière,
Et des humbles hameaux, où règne la vertu,
Peignais naïvement le bonheur peu connu.
A peine je touchais à mon neuvième lustre,
Déjà mon nom entrait dans la carrière illustre,
Quand tout à coup la mort, aux os nus, à l'œil creux,
S'élance de l'Erèbe, apparaît à mes yeux,
Dans une nuit d'horreur, hideuse, décharnée,
Glaçant de son aspect mon âme consternée,
Levant sur moi sa faux et menaçant mes jours.
Hélas! près d'expirer, de fermer pour toujours
Mes yeux à la lumière, au milieu des souffrances,
Ce n'était jamais vous, vaines magnificences,
Fortune des mortels, et mortelle comme eux,
Faux brillants de la gloire, amours ambitieux,
Suprêmes dignités, dont la splendeur obsède
Et dégoûte bientôt quiconque vous possède,
Entouré de la mort, sur le bord du cercueil,
Ah! ce n'était point vous, vains fantômes d'orgueil,
Qui sur ma couche alors faisiez couler mes larmes;
Hélas! je regrettais, je pleurais d'autres charmes.

Soleil, dont les regards embrassent l'univers;
Spectacle magnifique et des monts et des mers;
Rochers audacieux qui bravez les tempêtes;
Arbres majestueux dont les superbes têtes

Balancent gravement dans le vague des airs,
Et semblent affronter la foudre et les éclairs ;
Retraite de la nuit, montagnes caverneuses
Qui dérobez aux yeux vos cîmes sourcilleuses ;
Ténébreuses forêts qui remplissiez mon cœur
D'une religieuse et taciturne horreur ;
Vallons silencieux où, sensible et fidèle,
J'entendis si souvent gémir la tourterelle ;
Agréables berceaux, où mariant leurs senteurs
Le lilas, le jasmin exhalent leurs odeurs ;
Parterres embaumés du parfun de la rose,
Qui, s'empressant d'éclore à côté d'une éclose,
Aux zéphirs amoureux ouvre son sein vermeil,
Découvre ses attraits et sourit au soleil ;
Et vous, lacs fortunés, dont la face brillante
Emprunte son éclat de l'astre que je chante ;
Objets de mes regrets, charmes si beaux, si doux,
Hélas ! mes yeux mourants étaient tournés vers vous !

Dans les derniers instants de ma frêle existence,
Je disais au soleil : O toi, dont l'excellence
M'a toujours pénétré du plus profond respect ;
Toi, dont le glorieux, l'éblouissant aspect
A toujours révélé son essence à mon âme ;
Toi qui vois l'univers s'embrâser à ta flamme,
Père de la clarté, principe de vertus,
Astre éclatant, bientôt je ne te verrai plus !
Olivet, lieu charmant, et digne des dieux mêmes,
Si connu de nos rois, à tes beautés suprêmes
Ils eussent marié ces rares agréments,
Ces prodiges de l'art, ces pompeux ornements

Dont Versaille, avec gloire, au milieu de la France,
Etale la richesse et la magnificence !
O pays enchanteur ! pays délicieux !
Je ne te verrai plus... Ah ! reçois mes adieux...
Retraite fortunée où je passai ma vie
Oublié des mortels, ignoré de l'envie,
Côteaux verts et riants, agréables bosquets,
Je vais donc vous quitter, vous quitter pour jamais !
Pour moi votre beauté dans peu sera perdue,
Elle n'offrira plus ses charmes à ma vue !

Je ne reverrai plus ce sage dont les jours
Furent exempts du fiel et des vices des cours ;
Et qui, libre de soins, loin du monde qu'il laisse,
Maintenant goûte en paix les fruits de la sagesse,
Vit avec l'amitié, sans envie, humble, heureux,
Comme les dieux tranquille et bienfaisant comme eux.
Ces gazons odorants qui bordent sa demeure,
Où pour l'entretenir je venais à toute heure ;
Ces ruisseaux argentés, ces bois, ces bords charmants
Qui nous offraient toujours de nouveaux agréments ;
Ces abris de verdure et de fleurs enlacées,
Où nos cœurs, l'un dans l'autre, épanchaient leurs pensées,
Il me faut renoncer à jamais les revoir !
Las ! il faut tout quitter, tout perdre avec l'espoir !
Et toi qui, gravement, dans des terres fécondes,
Sous un ciel toujours pur roules tes vastes ondes,
Loire majestueuse, oubliant les humains,
Les peines de la vie et les soucis mondains,
Tu ne me verras plus, le long de tes rivages,
Admirer ces tableaux, ces charmants paysages,

Ces vignobles heureux, ces fertiles côteaux
Que reproduit sans fin le miroir de tes eaux.
Pour la dernière fois, hélas ! j'ai vu ces rives,
Ces plaines, ces vallons, ces riches perspectives,
Qui rendent au lointain l'horizon plus riant,
Couverts d'amples moissons, d'un aspect attrayant,
Pour la dernière fois j'ai contemplé leurs charmes !
Souffrant, je le disais, les yeux baignés de larmes,
Et respirant à peine, en proie au mal cuisant
Dont l'ardeur consumait mon corps dépérissant,
Je conjurais les dieux, d'une voix défaillante,
De prolonger le cours de ma vie expirante,
Lorsqu'un ange du ciel, un Dieu consolateur,
Exhalant d'ambroisie une divine odeur,
S'approcha de ma couche en me faisant entendre,
Ces mots qu'il prononça d'une voix douce et tendre :
« Amant de la nature, échappe au noir trépas ;
« A ses ombres les dieux ne t'abandonnent pas.
« Lève-toi, marche, vole et dirige ta course
« Vers cette merveilleuse et bienfaisante source
« Que du sein de la terre, à gros bouillons sortant,
« Neptune fit jaillir d'un coup de son trident,
« Et dont l'onde soudain forma ce fleuve immense,
« Qui, parmi deux tapis d'un gazon plein d'essence,
« Coule avec majesté le long de ce côteau.
« Là, de ces bords fleuris que reproduit son eau
« Invoque le génie et le Dieu qui t'inspire ;
« Sur le champêtre ton monte encore ta lyre,
« Et dans tes vertueux et modestes accents,
« Chante encor la vertu, le soleil et les champs. »

FIN DU TROISIÈME CHANT

CHANT QUATRIÈME.

Au milieu de ton cours et de ce ciel brûlant,
Arrête, Dieu du jour, ton char étincelant,
Tandis que, fatigués des cris de la cigale
Qu'ils entendent chanter dès l'aube matinale,
Les bergers, endormis sous les touffus ormeaux,
Reposent mollement auprès de leurs troupeaux ;
Tandis que ta chaleur s'exhale en traits rapides,
Et frémit en tombant sur les plaines arides,
Suspends, pour un instant, ton cours majestueux ;
Du haut de cette voûte où rayonnent tes feux,
Considère ta gloire et ta magnificence,
Contemple ton éclat! Pour moi, dans l'impuissance,
(Car, quel être, ô grand astre, habitant sous les cieux,
Peut soutenir l'aspect de ton front lumineux ?)
De peindre ta beauté, ni ta grandeur extrême,
Je te révère et t'offre en spectacle à toi-même.
Contemple-toi, Soleil, du haut du firmament!
Demande à tout climat, parle à chaque élément ;
Parcours de l'univers la sublime merveille,
Et vois s'il en est une à ta sphère pareille !

Vous qui, pendant la nuit, peuplez les vastes cieux,
Et les embellissez de votre amas pompeux,
Innombrables flambeaux, étoiles rayonnantes,
Que sont auprès de lui vos lueurs éclatantes ?

Planètes qui roulez sur votre axe allumé
Des feux que vous puisez dans son orbe enflammé,
L'égalez-vous en pompe? Et vous, longues comètes,
Qui nous épouvantez en planant sur nos têtes,
Dites quel est le Dieu qui conserve vos feux,
Vous donne cet éclat, ce lustre radieux?
Parle, sœur du soleil, quand ton front nous éclaire,
Quand il luit dans les cieux, d'où lui vient sa lumière?

Vous qui nous nourrissez des dons de vos guérets,
Campagnes qui formez l'empire de Cérès,
Quand, sitôt que l'aurore aux champs est reparue,
Le laboureur actif, dirigeant sa charrue,
Pique de l'aiguillon deux vigoureux taureaux,
Qui, dociles au joug, marchant à pas égaux,
Obéissant au frein, à la voix qui les guide,
Creusent, en mugissant, le sol longtemps aride,
Retournent le terrain, renversent le chardon,
Et tracent lentement un pénible sillon;
Quand, courbé sur le soc, d'une main mercenaire,
Il le presse et l'appuie en déchirant la terre;
Quand, prodiguant son grain dans un propice temps
Il le sème et répand dans ses fertiles champs,
Et que, pour le couvrir d'une couche amendée,
Il l'enfouit sous le poids de la herse dentée,
Quel astre bienfaisant échauffe vos sillons?
Quel astre enfin mûrit et dore ces moissons?
Qui, sur votre féconde et riante surface,
Etale le bonheur, la richesse et la grâce?

Quel Dieu vous a donné ces charmes, ces attraits?
Qui grossit vos boutons si brillants et si frais?

Parlez, charmantes fleurs, dites-nous qui nuance
Vos diverses couleurs, qui produit votre essence,
Vous donne cet émail, cette riche beauté,
Vous peint avec tant d'art et de variété,
Et dans cette corolle, où, d'une trompe avide,
L'industrieuse abeille extrait son or liquide,
Fait naître l'or, l'argent, l'écarlate et l'azur?

Et toi, dont le parfum, si suave et si pur,
Nous fait, dans sa douceur, respirer le délice;
Toi qui dans nos jardins fait briller ton calice,
Charmante rose, amour du soleil, du printemps,
Dis-nous de qui tu tiens ces célestes présents?

Et vous, qui dans les bois trahissez vos retraites,
Ornements des vallons, timides violettes,
Dites-nous d'où vous vient cette divine odeur,
Où l'odorat savoure un charme si flatteur?
Trésors de nos vergers, délices de nos tables,
Beaux fruits qui nous offrez des mets si délectables,
Sur l'arbre dont la sève en son cours vous nourrit,
Qui lustre vos couleurs, vous ambre et vous mûrit?
Qui vous donne ce suc, ce goût, cette substance,
Qui du nectar divin égale l'excellence?
Qui vous fait naître enfin, n'est-ce pas le soleil?
Riches trésors d'été, fleurs du printemps vermeil,
Vendanges de l'automne, ouvrage de sa sphère,
Vous êtes tous les dons qu'il prodigue à la terre!

Le soleil vous abhorre, âmes viles, mortels
Dont les profanes cœurs sont toujours criminels;

Tous vos forfaits le font reculer d'épouvante.
N'élevez pas vers lui votre main offensante;
Son œil, avec horreur, voit votre impiété
Outrager la nature et la divinité.
Fuyez à son aspect, baissez votre paupière,
Vous ne méritez pas de voir par sa lumière.
Les ennemis du ciel, ces cœurs, lâches, pervers,
Sont indignes du Dieu qui luit dans l'univers.

Voyez pâlir le jour et cette nuit obscure
D'un sinistre présage effrayer la nature;
Voyez se préparer, dans l'horizon en feux,
Cet orage qui gronde avec un bruit affreux;
Ces tourbillons poudreux, élevés des campagnes,
Monter, en tournoyant, par dessus les montagnes,
Et, sur leurs fiers sommets du foudre menacés;
De la plaine joncher les débris dispersés;
Ces oiseaux qui, fuyant le danger qui s'apprête,
D'un vol mal assuré cherchent une retraite;
Ces enfants qui, jouets d'un terrible aquilon,
Accourent se cacher au sein de ce buisson;
Et, tout en s'abritant sous son épais feuillage,
Poussent des cris aigus, effrayés par l'orage.
Ce vieillard languissant et courbé sous les ans,
Qui, surpris par la grêle au milieu de ses champs,
Dépêche, en frisonnant, son pas paralytique,
Pour regagner l'abri de son chaume rustique.
Ces bergers qui, couverts de leurs pesants manteaux,
Ramènent au bercail leurs humides troupeaux,
Et ces loups ravisseurs qui, la gueule sanglante,
S'enfoncent dans ces bois en hurlant d'épouvante,

Et la corneille, au haut d'un vieux saule pleureur,
Qui croasse sans cesse et prédit le malheur.

Voyez ces noirs torrents fondre de ces montagnes
Et se précipiter à travers les campagnes,
Engloutir dans les champs l'espoir du laboureur,
Et promener partout le désastre et l'horreur !
Voyez ces feux errants, ces lueurs passagères,
Jeter dans l'air obscur de rapides lumières,
Et, parcourant l'espace en un silence affreux,
Effrayer l'univers et sillonner les cieux ;
Cette nue en rompant ses digues orageuses,
Fondre en grêle homicide, en eaux impétueuses :
Lâches blasphémateurs, quel spectacle pour vous !
Entendez-vous, au loin, ce tonnerre en courroux,
Au bruit impétueux de l'onde mugissante,
Confondre, avec fracas, sa voix retentissante,
Et ses bruyants éclats rouler longtemps après,
En longs mugissements dans les vastes forêts ?
Ces fougueux ouragants, dont la terrible rage
Porte en tout lieu l'effroi, la mort et le ravage ;
Et qui, bouleversant tous les flots furieux,
Des gouffres infernaux lancent les mers aux cieux.
Dans ces horribles coups, la tempête profonde,
Qui, sur ses fondements fait chanceler le monde,
Disperse les moissons et dévaste les bois ?
« C'est moi, dit le soleil, c'est ma terrible voix
« Qui remplit l'univers des accents redoutables
« Que j'adresse aux mortels parjures et coupables.
« Je suis le Dieu tonnant, la terreur du pervers,
« De mes flancs embrâsés s'échappent les éclairs.

« C'est moi qui forme, allume et fais gronder la foudre,
« Et c'est moi qui lui dis : frappe, réduis en poudre
« L'impie, horreur du ciel, cet être audacieux
« Qui, blasphémant leur nom, ose insulter les dieux,
« Venge enfin la vertu, des attentats du crime,
« Et livre à mon courroux ce monstre pour victime. »

Mais vous, sages humains, qu'aiment ces mêmes dieux,
Jouissez de leurs dons, de ces dons précieux,
Vous, dont les chastes mains, le cœur pur et louable
Leur offrent un encens qui leur est agréable,
Jouissez d'un beau jour, le ciel l'a fait pour vous,
C'est pour vous que Zéphir rend son souffle plus doux;
La terre n'a produit ce berceau, ce feuillage,
Que pour vous récréer sous son propice ombrage.
C'est pour vous que la vigne, embrassant ces ormeaux,
Suspend ses fruits ambrés à leurs souples rameaux;
Pour calmer votre soif, l'onde de ces fontaines
Sur un sable doré serpente dans ces plaines;
C'est pour charmer vos sens, que ces aimables fleurs
Dans ce riant vallon exalent leurs odeurs ;
Ce clair ruisseau ne fuit dans ces vertes prairies,
Que pour porter votre âme aux douces rêveries ;
Ces oiseaux, dans ces bois, ne cessent de chanter,
Ne forment ces concerts que pour vous enchanter.
Foulez ce tendre émail, ces tapis de verdure,
C'est pour vous que, sans fin, les produit la nature;
Jouissez du soleil, de la clarté des cieux,
Ils sont pour le bonheur des mortels vertueux.
De ces célestes biens la pure jouissance
N'est que pour embellir leur heureuse existence.

Vous qui représentez aux regards des humains
La sagesse des dieux et des êtres divins,
Respectable vieillard, dont le visage auguste
Porte avec gravité la paix d'une âme juste :
O mon père ! l'honneur de la paternité,
Modèle de vertu, héros d'humanité,
En vous citant ici, que ne puis-je, à ma gloire,
A la postérité consacrer la mémoire,
Et de votre tendresse et de mes sentiments !
Hélas ! vous atteignez au terme de vos ans,
Vous touchez à l'époque où la faible vieillesse
Cède et succombe enfin sous le faix qui l'oppresse!
Peut-être, loin de moi, que votre frêle voix
M'appelle en cet instant pour la dernière fois,
Et que, près d'expirer, votre triste paupière
Se ferme, et pour toujours renonce à la lumière.
O ! quand pourrais-je encore, avec transport, hélas !
Vous presser sur mon cœur, vous serrer dans mes bras,
Et dans ces doux instants, ces instants pleins de charmes,
Mouiller vos cheveux blancs de précieuses larmes,
Et baiser tendrement ces mains qui, tant de fois,
Ont servi la patrie et défendu les rois !

O soleil ! si mes chants ne sont pas téméraires,
Si ma muse, employant des couleurs non vulgaires,
A pu te célébrer, te peindre dignement,
Daigne exaucer ce vœu d'un cœur impatient
De palpiter encor sur le doux sein d'un père!
Précipite, soleil, ta course circulaire,
Pour hâter le moment où j'aurai ce bonheur
De revoir de mes jours le vénérable auteur.

Cet ami le plus cher, ce père le plus tendre,
Qu'il me sera touchant de le voir, de l'entendre.
Oh ! combien je soupire après ce temps heureux !
Veillez, dieux immortels, sur ses jours précieux,
Que, du trône des cieux, votre main secourable
En éloigne la mort, la mort inexorable ;
Non, il n'existe pas, sous la voûte du ciel,
Une âme plus sensible, un plus juste mortel.

Si les Sages, hélas ! cette auguste famille
Avec qui je jouis d'un repos si tranquille,
Lorsque la mort, un jour, aura frappé sur moi
Honorent de leurs pleurs mon funèbre convoi,
Si, d'après qu'ils auront de leur ami fidèle
A la terre rendu la dépouille mortelle,
Le cœur plein de regrets et les yeux larmoyants,
Sur ma tombe leurs mains gravent ces mots touchants :
« Modeste dans ses mœurs, les dieux, la bienfaisance,
« Furent les seuls loisirs de son humble existence ;
« Exempt d'ambition, il n'a toujours vécu
« Que pour la vérité, l'amitié, la vertu. »
Ah! si de cet honneur, de cet éloge insigne
Il m'est donné des dieux de n'être pas indigne,
S'ils me donnent aussi que l'intègre avenir
Conserve de mon nom un tendre souvenir,
Et s'il doit, cher un jour, vivre dans la mémoire,
S'il m'est gardé sur terre une si pure gloire...
O ! mes plus chers amis, j'en atteste mon cœur,
Après de tels bienfaits, une telle faveur,
Nul désir à former, nul vœu, rien ne me reste
A demander encore à la bonté céleste,

Que de nous voir, un jour, ensemble réunis
Dans l'Elyséeheureux, sous ces berceaux fleuris
Où les justes, foulant une fraîche verdure,
Vivent dans des torrents de félicité pure.

Beau printemps de la vie, ah ! quand disparaîtront
Les fleurs dont, maintenant, tu décores mon front ?
Quand les glaces de l'âge auront éteint la flamme
De ce génie ardent qui brûle dans mon âme,
Et que la froide main de la vieillesse alors
Aura blanchi ma tête et tout courbé mon corps ;
Vous, dont j'aimais l'ombrage au milieu de la plaine,
Arbres que j'ai plantés, quand, me traînant à peine,
Je viendrai jusqu'à vous, accablé sous les maux,
Lever mes tristes yeux sur un de vos rameaux,
Et vous le demander d'une voix suppliante
Pour aider d'un appui ma marche chancelante,
Et que ma volonté sur mes membres défaits
N'aura plus son empire ou que de vains effets ;
Alors triste rebut, dans mon malheur extrême,
Abandonné de tout, inutile à moi-même,
Mon unique ressource, hélas ! mon seul bonheur
Sera de te fixer, astre consolateur,
Dont les feux bienfaisants, ranimant la vieillesse,
Lui font presque oublier ses maux et sa détresse.
O soleil ! le soutien et l'ami des vieillards,
L'objet de leurs désirs, l'objet de leurs regards,
Le plus touchant spectacle et la scène dernière
Qui puisse encor flatter leur débile paupière,
Je viendrai tous les jours, en bénissant les dieux,
Me placer devant toi, te louer avec eux ;

Je viendrai te montrer mon front couvert de rides,
Mes cheveux éclaircis, blanchis des ans rapides ;
Et, sous l'heureux effet de ta douce chaleur,
Sentir renaître encore un reste de vigueur.

Lorsqu'enfin, succombant sous l'angoisse mortelle,
Du feu qui me nourrit s'éteindra l'étincelle,
Et qu'à l'aspect frappant du funèbre tombeau
De ma vie, à sa fin, pâlira le flambeau,
Quand, faible, languissant, sur mon triste visage
S'étendra de la mort le funeste présage,
Et qu'au déclin du jour, pâle, près d'expirer,
Enfin je sentirai mon dernier souffle errer,
Entraînant avec lui mon âme impatiente,
Prête à se détacher sur ma couche mourante,
Avant de succomber sous la faux du trépas,
O grand astre ! vers toi, mes yeux ternes, mes bras
S'élèveront encore, et dans mon agonie
Je supplierai les dieux de ne finir ma vie
Que lorsque ta lumière et ton dernier rayon
Cesseront d'embrâser les bords de l'horizon.

FIN DU QUATRIÈME ET DERNIER CHANT

A LA MÉMOIRE

DE

VIRGINIE OFFROY

FEMME MOREAU

MA SŒUR

—

1874

A MA SŒUR

Toi qui d'une famille à notre cœur bien chère
Déjà seule est restée avec moi sur la terre,
Et qui sur un tombeau regrettes aujourd'hui
L'homme qui fut trente ans ton époux, ton appui,
Je t'offre en cet écrit le récit d'un voyage
Qui fit luire un beau jour dans ton triste veuvage,
Et nous fit explorer des pays, des cités,
Dont nous avons ensemble admiré les beautés.

Accepte-le, ma sœur ; il te dira l'histoire
De ces lieux enchanteurs dont j'aime la mémoire ;
Il n'a pas du roman la fiction, l'attrait,
Mais la vérité seule en fait tout l'intérêt.

Le soir, au coin du feu, dans ta belle demeure,
Tu pourras avec lui te récréer une heure,
Revoir ces bords riants, ces villes, ces châteaux
Qui montraient à nos yeux leurs chefs-d'œuvre nouveaux;
Tours et son Saint-Martin, Blois et sa forteresse,
Et ce vieux Châteauroux dont la pompe sans cesse
Versait sous le soleil, pour la soif des humains,
Cette eau que nous puisions dans le creux de nos mains.

Quel que soit ce petit ouvrage
Dont ici je te fais hommage,
Il remplira tout mon désir
Si, parmi ce qu'il nous rappelle,
Se joint pour toi le souvenir
De mon amitié fraternelle.

VICTOR OFFROY.

UNE EXCURSION

DANS

LE BERRY ET LA TOURAINE

ORLÉANS, CHATEAUROUX, BLOIS, AMBOISE
TOURS, CHATEAUX DE CHAMBORD, CHENONCEAUX
VALENÇAY, ETC., ETC.

Août 1861

J'aime les voyages ; ils nous récréent et nous instruisent, ils profitent à notre santé et à notre esprit, ils ouvrent sous nos yeux ce grand livre du monde où nous voyons en réalité ce que les autre livres ne nous montrent qu'en image ; nous y voyons ces beautés qui nous charment, ces laideurs qui nous affligent, ces vérités qui nous désillusionnent ; des points de comparaison y forment notre jugement, et nous apprenons à mieux connaître, à mieux apprécier les hommes et les choses.

Et puis, on éprouve toujours un certain plaisir à changer de place, à quitter un moment sa maison que, telle agréable quelle soit, l'habitude finit par vous rendre indifférente, à quitter pour ainsi dire ses occupations journalières, pour chercher de nouvelles sensations, pour se jeter dans l'inconnu.

Un besoin instinctif de mouvement, un sentiment de curiosité nous portent à voir d'autres pays, d'autres personnes, d'autres lieux que ceux avec lesquels nous sommes familiers ; on aime à se trouver étranger au milieu d'un nouveau monde, à respirer un autre air, à digérer d'autres aliments, à parcourir d'autres sentiers, habiter d'autres murs, entendre un autre langage que ceux dont on use tous les jours. Enfin, si cette vie n'est pour nous qu'un passage et cette terre un exil, il est bon de connaître cette route où l'on passe et ce monde où l'on doit mourir ; heureux si, après l'avoir parcouru, on en rapporte une nouvelle raison d'être content du lieu qu'on habite et du sort dont on jouit.

Nous étions au mois d'août, le temps était beau, et un wagon nous emportait, ma bonne sœur et moi, loin de chez nous vers une vénérable dame que nous voulions embrasser sur le bord de sa tombe avant qu'elle y descende, et vers de beaux pays que nous allions visiter pour la première fois.

Le wagon est fait pour aller et non pour voir ; ce n'est pas le véhicule du touriste ; je le trouve moins poétique, moins distrayant que la diligence, mais il est plus doux pour le roulage et moins bruyant pour la parole. S'il vous enferme comme un colis, souvent la société de son intérieur compense ce que sa rapidité vous empêche de voir à l'extérieur. Un wagon, comme une gare, comme une table d'hôte, vous présente un abrégé du monde civilisé. C'est comme une arche de Noë où se trouvent rassemblés divers spécimens de l'espèce humaine. Dans le nôtre se trouvaient des individus différents de coutume, de couleur, de langage; celui-ci arrivait de Californie, il avait vu en passant Sainte-Hélène et le tombeau vide de Napoléon, le détroit de Magellan et les Patagons; celui-là venait du cap de Bonne-Espérance, il avait vu les Hottentots; un autre arrivait des Indes, il nous parlait de Calcutta, etc. Ici était une Bretonne et une Provençale; là, un Irlandais et un Allemand, un Anglais sérieux et une parisienne enjouée. L'intérieur d'un wagon est souvent pour l'observateur une étude de mœurs et un spectacle curieux.

Nous nous dirigions sur Orléans. Nous vîmes en courant la vieille tour de Montlhéry; elle s'élève sur son mamelon, solitaire, majestueuse, quoique démantelée, comme un géant de la féodalité resté debout malgré le temps, ou comme un obélisque historié, pour raconter à la postérité cette terrible bataille qui se livra sous ses murs entre Louis XI et le duc de Charolais, et dont elle fut l'impassible témoin Cette tour faisait partie d'un château-fort bâti vers l'an 1015, par Thibault, surnommé *Filétoupe*, seigneur de Montlhéry.

Etampes nous montra sa belle vallée qu'arrose l'Ouette et où se groupent ses maisons que dominent ses clochers, et le grand débris de sa vieille forteresse détruite sous Henri IV. Nous admirions à droite et à gauche de la route les plaines fertiles, les montagnes rocheuses, les bois, les petites rivières d'où nous venait de temps à autre un petit air frais qui tempérait dans notre wagon l'intense chaleur de celui que nous respirions. Bientôt se déroulèrent sous nos yeux les interminables plaines de la Beauce. On n'y voit ni eau, ni arbre, ni ombrage, la grande culture envahit tout ici, Cérès n'y veut que du grain et du soleil : c'est ici son empire. Plusieurs petits villages, dont Cercottes et sa forêt fut le dernier, nous apparurent tour à tour chacun avec le clocher qui le distingue, le cadre qui l'enferme, et passèrent devant nous comme des images fugitives. Enfin nous arrivâmes à Orléans, dont les hautes tours annonçaient au loin une ville métropolitaine, la reine de la contrée.

Nous visitâmes cette ville dans ce qu'elle a de plus remarquable. Nous vîmes sa cathédrale, dont le portail et les tours sont un chef-d'œuvre monumental qu'on ne peut se lasser d'admirer. Henri IV en posa la première pierre en 1600. Nous vîmes également la grande place du Martroy, au milieu de laquelle s'élève la belle statue équestre de Jeanne d'Arc par Foyatier. Elle est représentée couverte de l'armure du temps, coiffée d'un heaume, tenant d'une main son épée nue et de l'autre les guides de son cheval. Ce cheval, un peu matériel, repose sur un piédestal de granit incrusté de marbre blanc, où des bas-reliefs en fonte représentent les exploits et la mort de l'héroïne. Sur les faces de ce piédestal sont gravées en lettres d'or les inscriptions suivantes :

A JEANNE D'ARC

La ville d'Orléans

Avec le concours de la France entière.

Et sur la base :

Sous le règne de Napoléon III, le 8 mai 1855, 426e anniversaire de la délivrance d'Orléans, cette statue a été inaugurée en présence de M. Abbatucci, ministre de la justice, et bénie par Mgr Dupanloup, évêque d'Orléans. M. P. Bosselli étant préfet du Loiret, M. Genteur maire de ladite ville.

Les reliefs du piédestal furent inaugurés le 8 mai 1861.

Nous vîmes son musée, son beau pont sur la Loire, à l'entrée duquel on retrouve encore une belle statue en pied de Jeanne d'Arc ; ses hôtels, ses grandes rues mal pavées, ses marchés, son grand Mail, ses longs boulevards ombragés, ses quais bordés d'élégantes maisons son palais de justice, sa préfecture, etc. La belle statue en bronze de Pothier, célèbre jurisconsulte, qui s'élève près de la cathédrale, fut aussi l'objet de notre attention.

Le soir, nous allâmes coucher à Olivet. Ce lieu charmant, à quatre kilomètres de la ville, à laquelle il se relie par le faubourg Saint-Marceau, est pour Orléans ce que sont, pour Senlis et Dammartin, Ermenonville et Mortefontaine. Olivet est un gros village de 1,500 habitants ; une grande partie de son territoire est plantée en vigne, d'où l'on tire d'excellent vin ; son église est un beau vaisseau orné de chapelles modernes et de deux latéraux qui la font ressembler à une petite cathédrale. Dans le XVe siècle, Louis XI avait à Olivet une maison de plaisance dans un lieu qu'on appelle *le Pouty*. Le parc immense de cette maison, divisé et vendu lors de la Révolution, est aujourd'hui la propriété de plusieurs habitants, qui en ont fait des jardins d'agrément et de production.

C'est à Olivet, que François, duc de Guise, fut assassiné par Poltrot de Méré, en 1563, pendant qu'il assiégeait Orléans.

Au bas d'Olivet se creuse la magnifique vallée où s'étagent et se dispersent les curieuses villas qui font le charme et la beauté du pays C'est dans cette vallée que le Loiret prend sa source ; elle sort à gros bouillons d'un abîme, et forme à sa naissance cette belle et large rivière qui, après un cours de douze kilomètres, va se perdre dans la Loire, au-dessous d'Orléans. Ses bords sont enchanteurs par le nombre et la variété des châteaux, des élégantes maisons, des paysages qui les peuplent et les décorent. Il est peu de maîtres de grandes maisons, à Orléans, qui n'en aient une petite à Olivet. C'est là que les grandes fortunes placent leur jouissance; elles ne sauraient guère mieux la placer. Des barques, des nacelles sur la rivière, attendent les amateurs qui veulent y faire une promenade. On la remonte jusqu'à sa source ; on y respire par un beau soir les plus fraîches et douces senteurs ; l'une et l'autre rives présentent à la vue de riants tableaux : des massifs de fleurs, des voûtes d'ombrage, des habitations magnifiques où des chefs d'œuvre d'art s'allient à des décorations champêtres, des prés verdoyants, des bosquets solitaires, des troupeaux, des effets prestigieux de jour et d'ombre, voilà ce qui ravissait nos regards pendant que nous glissions sous la rame de notre batelier sur l'eau limpide de cette rivière.

Parmi les délicieuses maisons de ces bords, nous

avons remarqué particulièrement le château de Mme Emme, sur la rive gauche, et sur la rive droite, un ancien manoir occupé temporairement par M. le préfet du Loiret. Une autre curiosité d'Olivet, c'est le jardin de M. Maudye. Ce vieux soldat de l'Empire y a représenté, par d'ingénieuses dispositions du sol, le mont Saint-Bernard et le passage de l'armée française, l'île Sainte-Hélène et son illustre prisonnier. On y voit un rocher où de singulières figures jettent de l'eau. Il nous montra des autographes précieux de Napoléon Ier et de l'impératrice Joséphine ; une horloge de sa façon, marquant le cours du soleil et de la lune, les mois, les saisons, les fêtes, etc ; un petit monument portatif où un mécanisme secret fait ouvrir et fermer des portes, agir des petits personnages, tourner un moulin, etc., un méridien inconnu dans l'art de la gnomonie, et plusieurs autres objets qui décèlent chez leur auteur la science du mécanisme et le génie de l'invention. M. Maudye est encore un de ces humbles mérites qui vivent et meurent ignorés dans leur obscurité et dont les œuvres étonnent les savants.

En parlant d'Olivet, je dois mentionner l'hôtel de M. Moutot, tenu par des maîtres en qui le hasard nous fit rencontrer la famille d'un estimable fonctionnaire de notre pays. Cet hôtel ne se recommande pas moins par son importance que par l'amabilité de ses hôtes.

Le lendemain, c'était le jour de l'Assomption et la fête de l'Empereur ; nous revînmes à Orléans pour assister à l'office dans la cathédrale. Nous fûmes étonnés, chemin faisant, de voir les laitières, les maraîchères et presque toutes les villageoises qui apportent leurs denrées à la ville, porter sur leur tête et marcher pieds nus. C'est, nous dit-on, l'usage du pays ; ailleurs, cet usage permet aux femmes d'avoir les poitrines décolletées. J'aime encore mieux l'usage des pieds nus.

Le portail et les tours de la cathédrale étaient décorés de blasons, de drapeaux, de banderolles ; de magnifiques tentures ornaient l'intérieur ; sur l'une d'elles, suspendue sous les voûtes du chœur, on voyait une main sortant d'un nuage et montrant ou bénissant une croix ; l'église est sous l'invocation de sainte Croix. Tout ce que la ville renferme d'autorités, de fonctionnaires, de notabilités dans tous les ordres et dans la magistrature, s'y trouvait réuni ; la troupe escortait cette auguste assemblée. La messe fut célébrée en musique avec une pompe que relevait encore la magnificence de l'édifice, la présence de l'évêque Mgr Dupanloup et de M. le préfet du Loiret. Rien, ce me semble, n'est plus majestueux, plus imposant que les pompes du culte dans une cathédrale : c'est que là, l'hommage est digne de l'homme ; c'est que là, l'autel est digne de Dieu. Le soir, les illuminations, le feu d'artifice aux yeux d'une foule joyeuse et compacte, avaient aussi leurs beautés et faisaient que la nuit avait l'éclat du jour.

Quelques heures après, nous volions en wagon sur Châteauroux. Je le répète, je n'aime pas le wagon ; sa rapidité ne permet l'examen de rien, ce qu'il nous montre excite le désir et laisse des regrets ; cependant je m'en sers, puisqu'il n'y a plus guère d'autre moyen d'aller. Il y a des impossibilités pour les meilleures jambes, et, dans un voyage de long cours, mieux vaut encore user du chemin de fer que de se faire user du chemin de terre.

Nous traversâmes les plaines monotones de la triste

Sologne. Ce ne sont plus des steppes, des landes, des déserts incultes depuis que le travail et l'industrie ont triomphé de leur stérilité. Les pauvres villages de la Ferté-Saint-Aubin, Lamotte-Beuvron, Nouan, Salbris, Theilley, passèrent rapidement sous nos yeux. Nous nous arrêtâmes à Vierzon, jolie petite ville assise sur les rives du Cher et d'Yèvre, dans une vallée fertile. Sa vieille église, de belles maisons de campagne, son embarcadère, ses jardins, ses vergers, sont ce que nous avons pu y voir de plus remarquable.

Bientôt nous arrivâmes à Issoudun, en passant par Chenilly et Saint-Lyzaigne. Issoudum est une des plus anciennes et des plus fortes villes du Berry; elle avait autrefois une abbaye considérable de Bénédictins; elle est située à mi-côte. On y voit un grand nombre de fabriques et les ruines d'un vieux château. C'est la patrie du célèbre comédien Baron. La ville est entourée de vignobles, de vastes prairies et de fertiles marais ; la propriété y est très-divisée ; chaque habitant tire de la petite portion de terre qu'il possède ou du métier qu'il exerce, ses moyens d'existence. Il n'y a pas de pauvres chez nous, nous disait un Issoudunais, notre ville est une des plus belles, des plus riches du département. Ce brave homme avait pour son pays cette prédilection, cet amour partial que tout bon patriote a toujours un peu pour le sien.

Nous passâmes à Neuvy-Pailloux, petit village qui se cache sous ses ombrages comme un enfant dans le sein de sa nourrice, et, après un parcours de trente lieues, nous arrivâmes à Châteauroux.

Cette ville est le chef-lieu du département de l'Indre ; elle est très-étendue et renferme environ seize mille âmes. La rivière d'Indre baigne ses murs au milieu d'une vaste plaine. Elle est connue pour sa manufacture de draps. Depuis peu, il s'y est établi une fabrique de tabac qui occupe, dans un très-beau et spacieux bâtiment, plus de quinze cents personnes. Les rues de la ville sont tortueuses, sur un sol inégal. On y trouve de beaux monuments modernes et des maisons antiques qui ont gardé le cachet de leur époque ; son ancien château est aujourd'hui l'hôtel de la préfecture; sa grande place où il manque une fontaine, ses belles promenades où l'on se repose à l'ombre des ormes et des tilleuls, ses sources versant sous le levier d'une pompe une eau limpide, abondante, et que l'extrême chaleur du jour nous fit trouver délicieuse, la beauté de ses jardins, de ses parcs, l'aménité de ses habitants, rendent aux étrangers le séjour de cette ville très-agréable. Elle possède une salle de spectacle, un beau palais de justice, un vaste hôpital et plusieurs fondations religieuses. Ses deux églises sont grandes, mais dépourvues de tout ornement: celle des Capucins est d'une nudité inconcevable : on dirait d'une grange au fond de laquelle s'élève un simple autel. L'église des Cordeliers, plus grande, un peu moins nue, est la paroisse du pays ; on y voit deux grands tableaux dont l'un représente le mariage de la sainte Vierge et l'autre la naissance de Jésus. Ces tableaux, considérés comme deux chefs-d'œuvre, proviennent de Rome ; le général Bertrand, qui les a rapportés d'Italie, en a fait le don à l'église. On y voit aussi une grande et belle rotonde composée de six grosses colonnes torses festonnées de pampres, de lierre, soutenant une double couronne en forme de baldaquin autour de laquelle s'enroulent sculptés en gros reliefs, des guirlandes de fleurs, de feuillages, des fruits d'un travail admirable ; au milieu de cette rotonde et sous le baldaquin s'élève le maître-autel. Cette église appartenait à l'ancien monastère des Cordeliers, qui est à côté et dont les bâtiments ont été convertis en caserne de cavalerie. Saint-Antoine de Padoue a demeuré dans ce couvent; il y enseignait la théologie.

A quelques pas de là, sur un tertre élevé et planté de deux rangées d'arbres, se dresse la statue en pied et en bronze du général Bertrand : il est représenté tenant d'une main son épée nue où s'enroule un drapeau et ayant l'autre tendue comme dans l'attitude du commandement.

Sur le devant du socle, on lit ces mots gravés sur le marbre :

AU GÉNÉRAL BERTRAND.

COMMENCÉ EN 1846,

TERMINÉ EN 1853.

Et sur le derrière est cette inscription :

Henri-Gratien Bertrand, né à Châteauroux le 28 mars 1773, lieutenant de génie 1794; général de génie 1808; Italie, Constantinople, Egypte, camp de Boulogne, aide de camp de l'Empereur 1805; Austerlitz, Iéna, Eylau, Friedland, Espagne, ponts du Danube, gouverneur des provinces Illyriennes 1811; commandant en chef le 4e corps de la grande armée, grand maréchal du palais 1813; île d'Elbe 1814; Sainte-Hélène 1815-1821;

député du département de l'Indre 1831; *translation des cendres de l'Empereur* 1840; *mort à Châteauroux le* 31 *janvier* 1844; *sépulture aux Invalides* 1847.

Nous avons admiré dans sa statue ce brave général qui fut un héros du patriotisme, du dévouement, de la fidélité ; nous avons vu le château où il est né, la maison où il est mort, chez son frère, mort aussi depuis peu, la tombe où ses restes furent déposés avant leur translation à côté de ceux de Napoléon. Ces deux guerriers, si bien unis dans la vie, ne devaient pas être séparés dans la mort ; l'histoire de toute leur vie est la plus glorieuse page de l'histoire de France.

Le général Bertrand retiré sur ses vieux jours à Châteauroux, son pays, y vivait comme un simple particulier ; il serrait la main indistinctement à tous les amis, à tous les compatriotes qu'il y retrouvait, les invitait à sa table, s'informait de leur position, de leur famille, répondait à leurs nombreuses questions et les charmait par des récits que lui seul pouvait faire sur le grand homme qu'il avait servi sur un trône et sur un rocher, et au sujet des grands évènements que le burin de l'histoire a gravé au front de nos arcs de triomphe. Il légua en mourant à la ville de Châteauroux des sommes pour ses pauvres, et pour son musée différents objets qui avaient été à l'usage de Napoléon. Cette ville s'honore à juste titre de sa naissance, de sa tombe, de sa statue ; il en est la célébrité, il l'enveloppe dans l'auréole de sa gloire.

Nous vîmes à Châteauroux une bien vénérable dame ; nous ne la connaissions pas ; nous avions connu son fils, et nous l'aimions déjà en jugeant d'elle par lui. Ce fils était un jeune docteur distingué par sa science, sa conduite et ses sentiments ; il avait pendant quelques années exercé la médecine à Dammartin ; il était la joie, l'espérance, le soutien de sa digne mère, un bel avenir lui souriait, il avait l'estime de tous, c'était notre ami ; il est mort à la fleur de l'âge. Sa mère, que nous trouvâmes telle qu'un grand âge l'avait faite, en est toujours inconsolable ; ses yeux, qui n'ont plus de regards pour le jour, ont encore des larmes pour sa tombe ; sa mémoire qui a oublié le monde est encore pleine de son fils : c'est comme un cyprès toujours vert dans une caisse qui s'use. — Vous l'aimiez donc bien, nous dit-elle. — Vous le voyez, madame, lui répondis-je, puisque nous venons de 80 lieues pour embrasser sa mère.

Nous allâmes ensuite dans le cimetière pour vénérer sa mémoire sur sa tombe : nous la cherchâmes longtemps sous une chaleur excessive ; mais cette tombe n'avait déjà plus rien qui l'indiquât, tant le temps est prompt à effacer chez les morts ceux qu'il emporte chez les vivants.

La nuit, nous partîmes à deux heures du matin pour Blois. Nous fîmes 23 lieues en voiture. Nous passâmes à Devroux, grand et beau village, et nous nous arrêtâmes à Valençay.

Nous visitâmes son grand château, qui est aujourd'hui la propriété de M. le prince de Talleyrand, neveu du célèbre Talleyrand-Périgord. C'est un vaste bâtiment de forme irrégulière et dont la construction paraît remonter au XVIIe siècle ; son dôme, ses pavillons, ses galeries, ses sculptures, son étendue, ses dépendances, sa situation sur la belle vallée qu'il domine et qu'arrose la petite rivière de Nahon, en font un des plus grands, des plus beaux châteaux du Berry. Les évènements dont il a été le théâtre, les illustres personnages qui l'ont habité en font un des plus héroïques. Les chefs-d'œuvre d'art qui décorent ses magnifiques appartements sont innombrables. Nous vîmes dans le salon les grands et riches tableaux représentant Napoléon Ier, Louis XVIII, Charles X, et Louis-Philippe, donnés au prince de Talleyrand par ces souverains, et l'armoire vitrée où se voient les décorations de tous les ordres et les costumes des différentes dignités qu'avait portés ce prince sous les gouvernements qu'il avait servis.

Nous vîmes aussi la riche collection de médailles, de portraits de famille, d'armures, de minéraux, de bustes précieux, la magnificence des tentures, des meubles, des marqueteries, des glaces, et les chefs-d'œuvre en marbre, en fer, en ébénisterie, en peinture, en sculpture que renferme ce château, qui est aussi un curieux musée. Son parc immense, ses parterres, ses allées, ses eaux, ses bois, ses créations, ses curiosités en tout genre et d'une merveilleuse beauté auraient demandé, pour être mieux appréciés, plus de connaissance et de temps que ceux que nous possédions.

C'est dans ce château que l'infortuné roi d'Espagne Charles IV passa son temps d'exil en France. La cour qu'il y tenait attirait de grands personnages et un concours de monde qui avivaient le commerce et faisaient la fortune du pays. Ce roi sortait peu ; il eût trouvé une distraction dans ce château et dans les riants tableaux que les plus heureuses perspectives plaçaient sous ses yeux, si quelque chose pouvait consoler ou récréer un roi détrôné.

Le prince de Périgord, dans sa retraire à Valençay, y faisait du bien, et c'est par ce bien plus que par ses titres et son château que son nom vivra dans la mémoire des habitants : la fortune laisse mourir le riche, la reconnaissance éternise le bienfaiteur. Il fit réédifier en 1836 le clocher et une partie de l'église qui menaçait ruine ; on voit dans cette église un vitrail colorié et d'un grand prix pour ses dessins, qui fut donné en 1851 par Dorothée, princesse de Courlande, épouse d'Alexandre-Edmond, duc de Talleyrand. Le prince de Périgord fonda en 1838 une maison de charité à Valençay, composée de cinq sœurs, qu'il dota pour le soulagement des pauvres et l'éducation de l'enfance. Dans cette maison est une chapelle assez grande, parfaitement construite et décorée : dessous est un caveau sépulcral pour les tombes de la famille Talleyrand. Conduits par l'une des sœurs, j'en levai moi-même la lourde trappe, et nous y descendîmes, ma sœur et moi, par un large escalier en pierres de taille. Je vis sur un gradin le cercueil en marbre noir du prince fondateur ; j'y lus cette inscription gravée en lettres d'or :

Ici repose le corps de Charles-Maurice de Talleyrand-Périgord, prince duc de Talleyrand, duc de Dino, né à Paris le 2 janvier 1754, mort dans la même ville, le 17 mai 1838.

A côté de cette tombe, on en voit trois autres de même forme et de même marbre, renfermant des corps de la famille Talleyrand. Resté seul dans ce caveau (car ma sœur qui en craignait la fraîcheur était remontée), je pensais à cet homme dont la pensée diplomatique avait pesé d'un si grand poids dans la balance européenne et dont la cendre était si légère et si froide dans ce coffre de marbre ; son corps pourrissait là, tandis que ses croix, ses insignes brillaient dans son château ; ses biens étaient divisés, son nom n'avait plus d'écho, et ce néant que j'avais sous les yeux avait été un grand de la terre. Qu'elles sont vaines, ces grandeurs qui ne peuvent rien contre la mort, et que l'homme, fût-il un roi, serait peu de chose, si tout finissait avec lui ! Mais l'épitaphe d'une tombe ne dit jamais : *Ici repose l'âme* ; c'est par cette âme que l'homme est véritablement grand et triomphe de la mort.

En continuant notre route, nous passâmes à Selles, petite ville située au bord du Cher, qu'on traverse sur un beau pont ; elle avait un château dont les vieilles tours subsistent encore et lèvent au-dessus des maisons leur front délabré par les guerres et noirci par le temps. Son église, qu'on répare, est un vaisseau remarquable par sa grandeur et son architecture ; ses rues sont larges, bien alignées ; la majeure partie de son terroir est en vigne. Nous vîmes Contres, Cormoret, Cellette, ornés de leurs châteaux, abrités de leurs plantations, entourés de leurs grandes plaines non encore dépouillées de leur récolte et dont une petite pluie de la nuit avait ranimé la végétation ; car la voiture ici, mieux que le wagon, nous permettait de voir et d'observer.

Nous traversâmes la grande et belle forêt dite de Russy. On y voit de vieux chênes dont la hauteur et les troncs sont prodigieux et dont l'épais feuillage couvre le sol d'une ombre ténébreuse. Enfin, nous passâmes sur un pont de seize arches jeté sur la Loire, et nous entrâmes dans Blois.

Cette ville s'étend sur les rives du fleuve qui la divise : elle étage en amphithéâtre, sur le versant d'une côte escarpée, ses maisons, ses monuments que domine majestueusement la haute coupole de sa cathédrale ; sur la sommité de cette côte, le sol s'aplanit et forme une grande place circulaire ornée d'un square et autour de laquelle se rangent les beaux monuments de la préfecture, du tribunal, de la halle aux grains et de belles maisons ; un peu plus bas est le palais épiscopal ; la grande terrasse de son jardin, plantée de vieux arbres, domine la ville et présente sur tout le val de la Loire un des plus beaux points de vue que l'œil puisse envisager.

La cathédrale, fondée en 650, sous le vocable de saint Solenne, a été reconstruite sous Louis XIV ; elle est aujourd'hui sous l'invocation de saint Louis ; le grand tableau du maître-autel représente ce roi rendant la justice sous le gros chêne de Vincennes. Cette église est grande, bien éclairée et de l'ordre gothique ; dans l'une de ses chapelles on admire deux bas-reliefs en marbre blanc représentant, l'un la Mémoire, l'autre la Méditation, qui faisaient partie du tombeau de la mère du roi Stanislas. Dans des caveaux placés sous le chœur sont des tombeaux des évêques de Blois et celui de M. de Morvillier, le garde des sceaux. L'église de Saint-Nicolas est la plus ancienne de la ville ; elle présente une croix latine de 86 mètres de longueur et 30 de hauteur. Isabelle de France, épouse du duc Charles d'Orléans, y fut enterrée en 1409. Le grand portail montre sur trois rangs d'archivoltes une suite d'anges, de rois, de prophètes ; au-dessus est une belle galerie composée d'arcades en ogives.

Dans le voisinage du château, l'église de Saint-Vincent-de-Paul élève son dôme aérien; elle fut construite en 1626 par la société de Jésus, sur les dessins de François Mansard. Sa façade, composée des trois ordres ionique, dorique et corinthien, offre de grandes beautés; sa nef est surmontée d'un dôme en forme de lanterne; on admire au-dessus du maître-autel une vierge enluminée d'un jour qui vient d'en haut et entourée d'anges dans une gloire resplendissante; sur les parois du sanctuaire, on voit encore l'urne qui renfermait le cœur du prince Gaston d'Orléans, jeté au vent par les révolutionnaires de 1793, et le monument élevé à la mémoire de ce prince par Mlle de Montpensier.

Saint-Saturnin, église paroissiale du faubourg, n'est guère remarquable que par une chapelle fondée par Catherine de Médicis sous le nom de Notre-Dame d'Ayde.

Le séminaire, les maisons religieuses des Ursulines, de la Providence, des Sœurs de l'Espérance, l'hôtel de la mairie, le Musée, quelques vieux hôtels méritent l'attention de l'observateur. Il n'y a pas une belle rue dans cette ville, elles sont toutes étroites, inégales, entremêlées, sinueuses; quelques-unes ont sur un sol escarpé des montées et des pentes si rapides, qu'elles sont inaccessibles pour les chevaux et les voitures, et qu'on y a pratiqué des escaliers pour les piétons. La forme, la situation des maisons, qui semblent superposées et dont plusieurs portent le cachet d'une haute antiquité, donnent à toute la ville un aspect pittoresque. Le cimetière a aussi ses monuments remarquables: on y voit sur celui de M. Bergevin, vice-président du tribunal de Blois, deux pleureuses en marbre par le célèbre Germain Pilon.

Ce qui fait la célébrité de la ville et l'admiration des étrangers, c'est son château. Il est situé sur un point culminant qui fait qu'on l'aperçoit de loin, et forme un quadrilatère dont les quatre faces sont chacune d'un ordre différent; au milieu est une cour carrée où manœuvre un régiment d'infanterie, caserné dans une aile de ce vaste édifice. La musique de ce régiment jouait devant son colonel quand nous y entrâmes, et ajoutait délicieusement au charme, à la surprise que nous éprouvions.

Au frontispice de la principale entrée apparaît, sculptée en gros relief, la statue équestre de Louis XII. Dans l'intérieur on remarque, faisant avant-corps dans la cour, une tour d'escalier conduisant à la partie latérale du château, construite sous François Ier. Cette tour est admirablement sculptée et présente à chacun de ses étages le chiffre de ce roi couronné de la salamandre. La partie du milieu est une belle œuvre du siècle de Louis XII; les autres parties sont des reconstructions et additions de Gaston d'Orléans, frère de Louis XIII. La façade extérieure du côté de la ville étonne par son élévation, le nombre et la forme de ses fenêtres, la singularité de son architecture, la beauté de ses galeries, de ses balcons, de ses sculptures, et par la grandeur de son développement: elle domine une belle place où l'on voit un délicieux jardin ou square public orné d'un bassin avec jet d'eau et où s'élève le beau portail de l'église de Saint-Vincent-de-Paul.

Ce château, si intéressant sous le rapport de l'art, ne l'est pas moins sous le rapport de l'histoire. Il fut le séjour de plusieurs de nos rois et le théâtre des grands événements qui ont influé sur le sort des peuples et de la monarchie. Sous Louis XI, Louis XII, François Ier, Gaston d'Orléans, il reçut des augmentations et des embellissements. Après la mort de son époux, assassiné en 1407, Valentine de Milan vint s'y retirer ; elle avait pris pour devise : *Tout ne m'est plus, rien ne m'est plus.* Elle y mourut à 38 ans. En 1439, le Bâtard de Bourbon et Antoine de Chabannes y vinrent, dans la guerre de la Praguerie, se joindre aux conjurés, dont le Dauphin, depuis Louis XI, était le chef. En 1440, Charles d'Orléans y fixa son séjour ; il y appela des artistes qui l'ornèrent de chefs-d'œuvre et des hommes de lettres qui faisaient l'honneur de sa cour. En 1462, Louis d'Orléans y naquit ; il y fut tenu sur les fonds de baptême par Louis XI, et élevé par Marie de Clèves, duchesse d'Orléans, sa mère. En 1498, il y fut salué comme roi par une députation du parlement de Paris, et c'est là que fut prononcé ce mot devenu célèbre : *Ce n'est pas au roi de France à venger les injures du duc d'Orléans.* En 1499, il y travailla avec une assemblée de notables et de jurisconsultes à la fameuse ordonnance dite *Ordonnance de Blois.* L'année suivante, il y reçut l'archiduc Philippe d'Autriche et son épouse Jeanne de Castille dont le fils fut depuis le célèbre Charles-Quint. Le château était alors dans sa plus grande splendeur. Cette réception fut magnifique ; elle donna lieu à des réunions, des fêtes qui durèrent plusieurs jours et émerveillèrent la ville.

Le 2 décembre 1509 y fut célébré le mariage de Charles, duc d'Alençon, avec Marguerite d'Angoulême. Une seconde fille y naquit à Louis XII et reçut le nom de

Renée. C'est à Blois que ce roi forma la riche collection bibliographique qu'on voit encore à la bibliothèque impériale. Anne de Bretagne, son épouse, y mourut; son corps fut transporté à Saint-Denis. Claude de France, sa fille, épouse de François Ier, aimait le château de Blois et y faisait sa résidence habituelle; elle y mourut à l'âge de 25 ans, le 20 juillet 1524. Catherine de Médicis s'y plaisait aussi; elle y fit, en 1559, représenter la *Soponisbe* de Trissin. Après la mort du roi, son époux, la cour s'y rendit et l'on y vit une première tentative des Guises pour s'emparer de l'autorité royale. En 1562, le prince de Condé y fut enfermé après la bataille de Dreux, et en 1571, Charles IX y vint avec toute sa cour. C'est au milieu des fêtes, des plaisirs qui s'y donnaient que furent conçus les odieux massacres de la Saint-Barthélemy. Le jeune roi y reçut l'amiral de Coligny et Henri de Navarre, dont on fit les fiançailles avec Marguerite de Valois. Il y tint ses Etats généraux en 1576; ils y furent encore tenus en 1588. Les députés s'y rendirent au nombre de 411. Le duc de Guise y rivalisait d'autorité avec Henri III. Le 23 décembre, ce roi le fait assassiner par ses gardes près de son cabinet. On nous montra la place où ce malheureux duc fut frappé, et celle où il vint mourir au pied du lit du roi.

Catherine de Médicis, à qui le roi vint apprendre cette nouvelle, lui dit: *C'est bien coupé, mon fils, mais à présent il faut coudre; courage donc et activité.* L'archevêque de Lyon et le cardinal de Guise, arrêtés après l'événement, sont enfermés dans un cachot grillé que l'on voit encore. Peu après, le cardinal fut assassiné comme son frère. Leurs corps furent brûlés dans la chambre des combles et leurs cendres jetées dans la rivière. Il y a toujours des crimes dans la demeure des rois et des pages sanglantes dans leur histoire.

Catherine de Médicis, en proie à une fièvre ardente depuis l'assassinat des Guises, mourut au château de Blois le 5 janvier 1589, dans sa 70e année. C'est dans ce château qu'Henri IV fit, en 1602, son édit sur les duels. Plus tard, il devint un lieu d'exil. En 1617, Marie de Médicis, veuve de Henri IV, y est reléguée par le roi Louis XIII, son fils, et s'en évade en 1619. Gaston d'Orléans, retiré à Blois en 1635, avec Mlle de Montpensier, sa fille, fait commencer au château des travaux qui ne purent être achevés ; il y reçoit, en 1659, Louis XIV ; c'est là que, jeune encore, ce roi vit pour la première fois Mlle de la Vallière. Gaston y meurt en 1660 laissant dans la ville le souvenir d'innombrables bienfaits et à plusieurs musées des richesses d'art amassées dans le château de Blois.

Sous les règnes de Louis XV et Louis XVI, ce château est confié à des gouverneurs ; l'un d'eux était M. de Marigny, frère de la marquise de Pompadour. A la révolution de 1793, le château fut saccagé et devint une propriété du Domaine. En 1833, l'administration municipale, qui le possède en vertu d'un décret impérial de 1810, en a affecté une partie pour une caserne d'infanterie. Aujourd'hui, la ville ne pouvant subvenir aux dépenses d'entretien, a fait à Napoléon III, qui l'a accepté, l'offre de ce château pour le prince impérial.

La ville de Blois s'embellit encore de ses boulevards, de ses beaux ponts, de sa grande rivière (la Loire), de ses vastes promenades et des sites charmants qui l'entourent. L'étranger qui les parcourt n'admire pas moins la magnificence de ses hôtels, la coquetterie, la richesse de ses boutiques, les curiosités, de ses bazars et surtout l'exquise politesse de ses habitants. Blois est la patrie de plusieurs hommes célèbres, tels que L. Habert, J. Bornier, Isaac et Denis Papin, Amédée Thierry, etc.

Nous étions fatigués, nous avions passé la nuit et une partie du jour en voiture; la ville curieuse et montueuse de Blois avait, sous une température ardente, bien exercé nos jambes et nos yeux, je trouvai à une table d'hôte plus de mets que d'appétit et dans un bon lit plus de repos que de sommeil.

Le lendemain, c'était dimanche; en face de notre hôtel était l'église de Saint-Vincent-de-Paul, on y disait une basse messe, nous y assistâmes; un grand nombre de fidèles s'y trouvaient réunis, nous priâmes avec eux. Heureux ceux qui ont la foi, ils trouvent dans la prière les doux épanchements du cœur, les saintes aspirations de l'âme; elle nous grandit en nous mettant en rapport avec Dieu, elle nous console dans nos peines, nous fortifie dans nos faiblesses, elle nous rend présents les morts que nous pleurons, pour qui nous prions, et dont le souvenir est dans notre pensée et le nom sur nos lèvres. Hélas! nous aussi, ma sœur et moi, nous avions à pleurer sur des êtres bien chers; leur souvenir voyageait avec nous, et nous venions, loin de leurs tombes prier pour eux, pour nous et pour ceux qui nous restent.

Nous partîmes ensuite pour Chambord. On va par curiosité de Blois à Chambord, comme d'Orléans à Olivet, d'Amboise à Chenonceaux, de Tours à Mettray ou à Chinon.

Chambord est à quatre lieues de Blois ; on en fait trois le long de la Loire par le chemin qui y conduit. C'est une ravissante promenade. Partout la rivière et ses bords vous présentent d'admirables perspectives et de riants paysages, de jolies maisons de campagne, des parcs bien soignés, des arbres, des clochers, des tours, des usines, des fabriques, viennent tour à tour s'y grouper et se disperser sous toutes les formes, au milieu des plaines, des bois, des vignobles qui les encadrent comme dans un tableau. Ici, c'est Saint-Dyc ; là, c'est Saint-Claude ; plus loin est Ménars ; là-bas, ce bâtiment somptueux avec son grand parc, ses jardins, ses allées ombreuses, ses statues de marbre, c'est le magnifique château du prince de Chimay ; il s'étend sur la rivière de la Loire qui le reflète, et semble se mirer dans ses eaux.

Mais nous quittons le long quai de cette rivière, nous traversons une vaste plaine, nous entrons dans un parc de cinq mille hectares entouré d'un mur de sept lieues de circuit, un château nous apparaît au bout de la route, et nous sommes à Chambord.

L'aspect du château a quelque chose de fantastique ; il est couronné d'un assemblage de flèches, de tourelles, de dômes, de cheminées qui dominent le monument et se mêlent sans se confondre. L'immensité de l'édifice étonne quand on en approche ; les pièces qui le composent sont au nombre de plus de quatre cents. Nous parcourûmes ses salles, ses chambres, ses galeries, ses balcons ; nous montâmes à son escalier à double vis où deux personnes ne peuvent jamais se rencontrer et dont la structure est considérée comme un chef-d'œuvre. Le donjon est divisé en quatre parties. Le pavillon qui en fait le couronnement s'élève à la hauteur de cent pieds ; il se compose de huit arcades accompagnées de pilastres formant une colonnade qui supporte une autre ordonnance plus élevée; il est orné de salamandres et se termine par une lanterne surmontée d'une fleur de lys colossale.

Dans la tour de l'ouest est la chapelle; sa voûte à plein cintre est soutenue par des arcs doubleaux dont les retombées portent sur des colonnes accouplées. Cette chapelle, achevée sous Henri II, n'a subi aucune dégradation. Dans la tour du nord est un oratoire remarquable par ses sculptures. La salle des gardes, le grand salon sont des pièces remarquables. On voit dans ce grand salon quelques tableaux anciens, de vieilles armures, un meuble de François Ier et un petit parc d'artillerie en cuivre et en fonte donné par Charles X au duc de Bordeaux enfant.

L'édifice est construit en pierres de taille. Les chapiteaux, au nombre de huit cents et de dessins différents, des sculptures d'un beau travail, quelques pans de riches boiseries, des reliefs précieux sur des voûtes artistement cintrées sont, depuis que le vandalisme révolutionnaire a dévasté le château, les seuls détails à voir dans l'intérieur. Il était auparavant, nous dit-on, décoré de magnifiques tapisseries, de meubles rares, de peintures, parmi lesquelles on remarquait les belles fresques de Jean Cousin et une riche collection de portraits, de bustes de grands hommes.

Dans les parties du château achevées par Henri II, se trouvent partout l'H, et le croissant couronné de la belle Diane de Poitiers. Le soleil de Louis XIV se voit aussi dans quelques endroits. La décoration extérieure est composée de pilastres espacés formant trois rangs d'étage qui soutiennent un entablement ornementé. On admire ici la grandeur de l'ensemble des masses et la curieuse fantaisie de leur distribution. Le style de la Renaissance y domine; le luxe de décoration monumentale augmente à mesure que l'édifice s'élève; la partie des combles est la plus remarquable; les cheminées sont de beaux ornements; groupées avec un art infini, elles concourent merveilleusement à l'effet pittoresque de ce château pyramidal.

Commencé en 1527, il n'a été terminé qu'en 1540. On ignore quel en fut l'architecte. Quelques historiens l'attribuent au célèbre Le Primatice, d'autres à un architecte Blésois dont le nom est resté ignoré.

Ce château, dans l'origine, n'était qu'une maison de plaisance des anciens comtes de Blois. François Ier le fit construire à peu près tel qu'il est aujourd'hui; il aimait la position de ce château au milieu des bois à cause de la chasse et du voisinage de la belle comtesse de Thoury, qu'il allait visiter dans son vieux manoir. Dix-huit cents ouvriers furent employés pendant douze ans à sa construction; les dépenses s'élevèrent à près de cinq cent mille francs, ce qui ferait deux millions de nos jours.

François, Ier sur la fin de ses jours, visitait souvent Chambord, accompagné de sa sœur Marguerite, la reine de Navarre. On y a vu longtemps ce vitrail sur lequel il écrivit avec un brillant de son doigt:

> Souvent femme varie,
> Bien fol est qui s'y fie.

Henri II, après la mort de son père, fit continuer les

travaux du château sur le même plan. Catherine de Médicis s'y livrait à l'exercice du cheval et de la chasse. Le soir, accompagnée d'astrologues, elle montait au haut de la campanile pour consulter les astres. Les troubles du règne de Charles IX ne permirent pas à ce prince de terminer les travaux du château, Henri III y vint rarement ; Henri IV lui préférait Fontainebleau et Saint-Germain ; Louis XIII y vint quelquefois et y ordonna quelques embellissements. Ce fut dans l'un de ses appartements que, n'osant prendre avec sa main une lettre que Mlle de Hautefort avait placée dans sa collerette, il fut chercher incivilement une pincette pour la lui prendre sans scandale. Sous ce roi, Gaston d'Orléans, son frère, ayant reçu le comté de Blois en augmentation d'apanage, devint possesseur du domaine de Chambord. Ce prince aimait le château et l'habitait souvent avec Mlle de Montpensier, sa fille. A sa mort (1660), Chambord fit retour à la couronne. Sous Louis XIV, il fut le théâtre de fêtes somptueuses ; la troupe de Molière y représenta, en 1669, la comédie de *Monsieur de Pourceaugnac*, et, l'année suivante, le *Bourgeois gentilhomme.*

En 1685, Louis XIV, accompagné de Mme de Maintenon, vint pour la dernière fois à Chambord. En 1712, ce château fut choisi comme le lieu le plus sûr où la cour devait se retirer après les succès du prince Eugène. La victoire de Denain gagnée par Villars annula ce projet.

Louis XIV fit exécuter à Chambord, sous la direction de Mansard, divers travaux qui ne furent pas achevés. En 1725, le château devint l'asile du malheureux roi de Pologne Stanislas Leczinski ; il y passa avec la reine huit années dans la pratique de toutes les vertus. La paroisse conserve dans ses archives des souvenirs touchants de sa bonhomie; dans un grand nombre d'actes de naissance, il figure comme parrain. La tradition rapporte que ce bon roi faisait des visites paternelles dans la chaumière des paysans, qu'il jugeait lui-même de leurs différends, les conseillait dans leurs travaux et prenait part à leurs fêtes, à leurs plaisirs.

Après le départ de Stanislas, Chambord, abandonné, devint, en 1748, l'apanage de Maurice, maréchal de Saxe. Ce guerrier y menait une vie toute militaire, faisant manœuvrer tous les jours deux régiments de hulans que le roi, pour lui complaire, y avait envoyés tenir garnison; il y avait fait arranger une salle de spectacle où Favart et sa troupe donnaient des représentations. Mme de Pompadour venait de sa terre de Ménars pour y assister.

Après le maréchal et le comte de Friesen, son neveu, Chambord fit encore retour à la couronne. En 1793, le district de Blois ordonna la vente du mobilier du château : les merveilles des arts que dix règnes y avaient accumulées furent dispersées en peu de jours. Napoléon sauva le monument en le mettant sous la protection de la Légion d'honneur.

En 1809, Chambord, réuni au domaine de la couronne, fut donné en apanage au prince de Wagram, qui l'habita peu. En 1820, il fut mis en vente. M. de Calonne, voulant le sauver de la ruine, eut l'heureuse idée de proposer une souscription générale pour le racheter et l'offrir au duc de Bordeaux.

Le 5 mars 1821, le domaine de Chambord fut adjugé au prix 1,542,000 fr. au représentant de la commission chargé des recouvrements, *pour en faire hommage, au nom de la France, à S. A. R. Mgr le duc de Bordeaux.* L'hommage fut accepté. Le duc de Bordeaux ne vint jamais à Chambord ; Mme la duchesse de Berry, sa mère, y fut reçue en 1828, en allant en Vendée.

Le château, malgré son abandon, sa nudité, est toujours visité pour la singularité et la magnificence de son architecture. Un cicerone très-poli vous conduit dans ce vaste monument et vous en explique l'histoire.

Tout auprès est une chapelle construite par les ordres du duc de Bordeaux, dans le style du château. Le grand autel, le vitrail et surtout le carrelage méritent l'attention. Elle sert de paroisse aux habitants du lieu. Le parc de Chambord est traversé par la petite rivière du Cosson ; il renferme dans son enceinte le village de ce nom, cinq fermes et environ quatre mille hectares de bois. On y trouve, dans le voisinage du château, un petit restaurant qui est le rendez-vous des visiteurs. Nous y entrâmes, et le premier objet qui s'offrit à nos yeux fut un tableau qui nous rappela notre pays ; il représentait J.-J. Rousseau et sa cabane sous les ombrages d'Ermenonville. Nous avions admiré un bel exemple de dévouement dans Bertrand à Châteauroux, nous en trouvâmes un autre dans notre hôte à Chambord ; il aimait son prince comme Bertrand aimait son empereur ; il n'avait pas le même héroïsme, mais il pouvait avoir le même cœur : le dévouement, l'héroïsme sont toujours de belles choses en elles-mêmes.

Revenus à Blois, nous montâmes en wagon pour Amboise, où nous arrivâmes à sept heures du soir. Nous y retrouvâmes la Loire toujours large, belle, mais dont le lit était en partie à sec par la baisse des eaux. Le jour déclinait, nous nous enquîmes d'une auberge, et, ici encore, nous eûmes occasion de remarquer l'urbanité, les manières prévenantes, le langage honnête qui caractérisent l'habitant du Blésois.

Le lendemain, en m'éveillant avec le jour, je fus enchanté de voir se dresser devant ma fenêtre les remparts et les tours du grand et célèbre château d'Amboise. « Vite, dis-je à ma sœur en frappant à sa porte, hâtons-nous, il y a encore ici de belles choses à voir. » Mais elle était levée et déjà prête. Ma sœur n'a pas les complaisances de son sexe pour les dilections de sa personne et les futilités de la toilette; toujours exacte à l'heure, personne n'est moins embarrassée ni moins embarrassante en voyage; bonne de cœur, ayant le goût de tout ce qui est beau et grand en soi, elle aime à connaître ce qui intéresse et instruit; ailleurs comme chez elle, elle est alerte en tout et sait faire un bon usage de son temps, de ses moyens et de sa raison.

Elle avait donc le même empressement que moi. « C'est de plus beau en plus beau, me dit-elle, allons. » Et nous partîmes dans ce nouveau pays, ayant pour but l'exploration et pour guide la curiosité. A l'est de la ville s'élève et se prolonge au loin un cap où est bâti le château; nous y montâmes par un sentier étroit. De son plateau on domine toute la ville, l'aval de la Loire, et la vue, en suivant le cours de cette rivière, se prolonge sur des sites charmants jusqu'à Tours, dont on aperçoit les clochers. Dans le massif pierreux de ce cap, l'industrie a creusé des voûtes, des habitations superposées où des pauvres gens ont établi leur famille. Nous en avons vu qui, bien portant et joyeux, paraissaient heureux dans leur misère, à côté de ce même château où tant de grands personnages furent malheureux dans leur opulence. Nous étions à cent pieds au-dessus de la ville, nos yeux l'embrassaient dans toute son étendue, avec les jardins, les prairies, les plaines, les bois, les montagnes qui l'entourent, avec les courants d'eau, les usines, les maisons élégantes qui animent sa fertile vallée, en font un délicieux paysage et un admirable tableau.

Il y a deux grandes églises à Amboise : Saint-Denis est le cathédrale ; elle est du style gothique, vaste, régulière, bien éclairée, richement ornée et placée sur une éminence d'où elle domine le pays. Saint-Florentin est l'église d'un ancien couvent ; elle est sombre, enterrée, pauvre, dépourvue de tout ornement et dans une sorte d'abandon ; le seul objet d'art qu'on y trouve est un saint sépulcre composé d'un groupe de statues peintes d'une belle exécution ; il provient de l'église du château.

On remarque encore à Amboise l'hôtel de ville et une porte monumentale dont on a fait une tour d'horloge, construits sous Louis XII ; une petite chapelle nouvellement édifiée dans le voisinage de la cathédrale, sous le vocable du Sacré-Cœur, et décorée avec luxe; de grandes et belles promenades bordées de chaque côté d'une double rangée d'arbres ombrageant les quais de la Loire. Les rues sont étroites, peu régulières ; celles qui aboutissent sur les quais et qui ne sont pas les plus belles, portent les noms de Voltaire, de Rousseau, de Mably, de Descartes, de Rabelais, de Corneille, de Newton, du général Foy ; en lisant ces inscriptions, je me demandais si l'on avait voulu honorer ces rues ou déshonorer ces noms.

L'Amasse, petite rivière qui passe dans la ville, vient

s'y jeter dans la Loire. Un peu au-dessous de son confluent est une place où s'élève une pyramide en l'honneur de Chaptal, originaire du lieu. Sur l'une de ses faces, on lit :

A CHAPTAL,

PAIR DE FRANCE, MEMBRE DE L'ACADÉMIE DES SCIENCES,

La ville d'Amboise

Le pont d'Amboise est un monument remarquable par sa longueur, le nombre de ses arches et sa belle construction. La Loire et ses bords s'y montrent sous les aspects les plus grandioses et les plus gracieux. Mais ici, comme à Blois, ce qui intéresse et ce qu'on admire le plus, c'est le château. Sur le môle où il est assis il s'élève à 50 mètres au-dessus de la ville; sa base est tapissée de verdure ; vu d'en bas, on croirait un monument féerique sortant d'un massif de feuillage ; il a, par sa position aérienne et un peu par sa forme, beaucoup de ressemblance avec le château de Mello (Oise). Son origine, qui, selon quelques historiens, a précédé celle de la ville, remonte à la domination romaine. Détruit par les Normands en 830, reconstruit par le comte Ingelger, il passa successivement dans la famille des Nerva, des Bazongers, des Hugues, seigneurs et comtes d'Amboise, jusqu'à l'époque où Philippe-Auguste ayant confisqué la Touraine sur Jean sans Terre, roi d'Angleterre, Amboise revint à la couronne. Son château fut souvent le séjour de nos rois : Charles VII s'y transporta en 1440 pour s'opposer à la révolte du Dauphin, son fils ; Louis XI y institua l'ordre de Saint-

Michel et y fit enfermer le cardinal La Balue ; Charles VIII y naquit en 1470 et y mourut en 1498 ; Louis XII s'y divorça avec Jeanne de France, fille de Louis XI ; François Ier y donnait des tournois, dont il aimait l'exercice chevaleresque. C'est là que, à l'exemple de Pépin qui tua un lion de sa main, il tua de la sienne un sanglier qui, lâché dans la cour du château et irrité par les agaceries des dames penchées aux fenêtres, après avoir brisé la porte de l'escalier. était monté jusqu'à leur appartement.

En 1539, ce roi reçut à Amboise l'empereur Charles-Quint. La grande fête qu'il lui donna fut troublée un instant par l'embrasement d'une tenture du château. En 1551, Henri II y fit son entrée solennelle, et la belle Marie Stuart y fixa son séjour. En 1560, la fameuse Conjuration dite d'Amboise est découverte ; Castelneau et ses complices sont pendus aux créneaux des tours et à la grille du grand balcon qui existe encore, les autres conjurés sont enfermés vivants dans des sacs et jetés dans la Loire, qui alors baignait la base du château. En 1562, Charles IX y donne un édit de pacification entre les catholiques et les protestants. Sous Henri III, après l'assassinat des Guises, il devint l'exil du cardinal de Bourbon. de l'archevêque de Lyon, du prince de Joinville et autres puisants seigneurs dont le roi voulait s'assurer.

A la mort de Gaston d'Orléans, le château d'Amboise devint une prison d'État. Louis XIV y fit enfermer le duc de Lauzun et le surintendant Fouquet, que le bon la Fontaine venait visiter. En 1761, Louis XV donna Amboise au duc de Choiseul et l'érigea en duché pairie. Le duc de Penthièvre le possédait en 1785. Confisqué en

1793, le château fut affecté à une sénatorie dont Royer-Duclos fut titulaire ; il fit malheureusement démolir une partie des bâtiments et l'église du chapitre renfermant le saint sépulcre qu'on voit aujourd'hui dans l'église Saint-Florentin. Sous la restauration, Amboise fut rendu à la duchesse d'Orléans, fille du duc de Penthièvre. A la mort de celle-ci, il devint la propriété de Louis-Philippe, qui, devenu roi, fit restaurer la chapelle du château. Sous son règne, ce château fut donné pour prison à Abd-el-Kader ; ce vaillant chef d'Arabes y demeura quatre ans et dut sa délivrance à Napoléon III. On nous montra dans le château les appartements qu'il habitait et ceux des femmes qui composaient son sérail ; nous vîmes aussi une grande salle dont il s'était fait une mosquée.

Un grand corps de logis est aujourd'hui tout ce qui reste de la partie habitable du château ; son architecture est du style Renaissance. On y remarque dans l'intérieur une belle salle des gardes et des appartements parfaitement distribués, avec des vues admirables sur la ville et la campagne et sur le cours de la Loire, mais dépouillés du riche mobilier et des objets d'art qui les décoraient. A l'extérieur, ses tours, ses bastions, ses remparts présentent l'aspect d'un château magnifique et d'une forteresse formidable ; ses jardins, ses terrasses, comme suspendues en l'air, réjouissent la vue en lui permettant de s'étendre sur toutes les curiosités d'un site enchanteur. Deux de ses énormes tours, construites sous Charles VIII, n'ont pour escalier qu'une pente si bien ménagée, qu'on peut y monter jusqu'au faîte, à la hauteur de 30 mètres, à cheval et même en voiture.

La chapelle, isolée sur un point culminant et nouvellement ornée, est digne de l'attention des artistes. Son frontispice représente en reliefs admirables la conversion de saint Hubert à l'apparition d'un cerf rencontré dans une forêt et portant une croix entre ses bois ; l'intérieur est décoré de belles peintures et d'un vitrail colorié représentant des personnages bibliques.

Après avoir visité le château et la ville d'Amboise, nous partîmes en voiture pour Chenonceaux. Le temps était beau. La route magnifique. Nous traversâmes une forêt dans laquelle s'élève en forme de pyramide une pagode curieuse par sa construction, au pied est un bassin circulaire et de son étage supérieur la vue s'étend au loin. Cette pagode a 40 mètres d'élévation, elle fut construite par le duc de Choiseul, ministre de Louis XV, pendant son exil en l'année 1770; elle est bâtie sur les fondations de l'ancien château de Chanteloup.

Chenonceaux est un petit village qui n'a rien de remarquable que son heureuse situation dans la belle vallée du Cher. On arrive au château par une longue et sombre allée bordée et couverte par de grands arbres qui s'arrondissent en berceau, et au bout de laquelle il se présente dans sa plus belle façade; on passe sur un petit pont; on admire, à droite en entrant dans la cour d'honneur, un charmant pavillon dont l'architecture, comme celle du château, date de la Renaissance et montre dans ses reliefs la salamandre de François Ier. Le château est un grand corps de bâtiment dont le front, très-ornementé, est peu développé du côté de l'entrée, et qui se prolonge sur la rivière du Cher, où il est bâti, jusqu'à l'extrémité du pont qui le supporte et la traverse.

Des fenêtres du château, l'œil suit au loin le cours de cette rivière et contemple un site varié et ravissant. L'intérieur renferme une longue galerie de tableaux, une belle salle tapissée d'armures antiques, des salons, des cabinets, des chambres où l'on retrouve l'ameublement de plusieurs siècles tel que leurs possesseurs l'ont fait et laissé. Les jardins spacieux offrent avec profusion les richesses de Pomone et de Flore ; les parcs ont de riants ombrages, des abris solitaires, des sentiers délicieux longeant les rives du Cher. Nous nous promenâmes dans cette belle allée de Sylvie célébrée par J.-J Rousseau dans une pièce de vers de ce nom ; nous nous reposâmes au bord de l'eau, sous les arbres et sur le banc où ce philosophe l'avait sans doute composée. Tout plaît, tout enchante dans cette tranquille solitude de Chenonceaux ; le présent y a son charme, le passé ses souvenirs. On y trouve l'oubli du monde, l'admiration de la nature, le chef-d'œuvre des arts, les douceurs de la paix et l'aménité d'un noble cœur dans M. le comte de Villeneuve, son propriétaire.

Ce château, l'une des merveilles du XVIe siècle, n'était dans l'origine qu'une simple habitation féodale possédée par l'ancienne famille de Marques. En 1496, Thomas Bohier acheta cette habitation et jeta les premiers fondements du château actuel. Bohier (Antoine), son fils, vendit le château encore inachevé à François Ier, qui le fit terminer à peu près tel qu'on le voit aujourd'hui. Devenu château royal, Chenonceaux fut donné par Henri II à Diane de Poitiers, duchesse de Valentinois, sa maîtresse. A la mort de ce roi, Catherine de Médicis força Diane de Poitiers à échanger le domaine de Chenonceaux contre celui de Chaumont-sur-Loire. Catherine fit construire la galerie qui est sur le pont, entoura le château de jardins d'agrément et projetait de faire construire sur la rive gauche du Cher un pavillon semblable à celui de la rive droite, lorsque la guerre civile la força d'ajourner ces constructions.

Louise de Vaudemont, veuve de Henri III, succéda à Catherine dans la possession de Chenonceaux. Cette princesse pieuse y passa dans le deuil les dernières années de sa vie ; on voit encore la chambre lambrissée de marbre blanc et noir où elle venait, dans son isolement, prier et pleurer.

En 1601, Chenonceaux passa à César de Vendôme, fils naturel de Henri IV et de Gabrielle d'Estrées; puis, en 1720, au duc de Bourbon, qui le céda, en 1733, à M. Dupin, fermier général. Ce fut à cette époque que vinrent se grouper autour de l'aimable Mme Dupin, dont J.-J. Rousseau était le secrétaire, toutes les célébrités de l'époque.

Grâce à ses petits-neveux, M. le comte et Mme la comtesse de Villeneuve, Chenonceaux a gardé toute l'intégrité de sa forme et de sa décoration primitives; les siècles n'y ont rien changé, rien déplacé, tout s'y est perpétué en son lieu, en son état, comme oublié par le temps. Si les illustres hôtes qui l'habitèrent revenaient à la vie, tous y reconnaîtraient le château et ses dépendances tels qu'ils les ont vus : François Ier, sa salamandre et ses plans; Diane de Poitiers, son lit et ses meubles; Catherine de Médicis, son large foyer aux divines sculptures, témoin sans doute de ses méditations machiavéliques; Louise de Vaudemont, son oratoire et son prie-Dieu ; Marie d'Ecosse, ce beau ciel, ces beaux arts du *tant doux pays de France;* les Vendômes, les

Condé, les Voltaire, les Montesquieu, les Buffon, leurs ombrages, leurs salons aux savants entretiens; et J.-J. Rousseau, ce théâtre où une société charmante joua sa comédie de l'*Engagement téméraire*, dans laquelle il fut acteur lui-même. Heureux les châteaux où l'on retrouve de pareils souvenirs, honneur aux propriétaires qui les respectent et savent les conserver.

Quand nous eûmes parcouru, admiré ces lieux avec tout l'intérêt qu'ils inspirent, nous revînmes de Chenonceaux à Amboise, où nous prîmes le wagon pour aller à Tours. Nous y arrivâmes vers sept heures du soir; il n'y a que six lieues d'Amboise à Tours. Le premier objet qui nous frappa, en arrivant dans cette capitale de la Touraine, fut la grandeur, la magnificence de son embarcadère; il est le centre d'où rayonnent les trois grandes lignes de Paris, Bordeaux et Nantes. Cette ville n'est que de troisième ordre, mais elle est une des plus belles du plus beau pays de France. Sur la Loire, qui la divise et qui est fort large ici, est jeté un pont qui est un véritable chef-d'œuvre; il est composé de quinze grandes arches et s'étend dans une longueur de 444 mètres sur 16 mètres de largeur; commencé en 1765, souvent reconstruit, il ne fut achevé tel qu'il est aujourd'hui qu'en 1818. L'hôtel de ville, le musée, la préfecture, le collége, le palais de l'archevêché, les églises de Saint-Julien, de Saint-Symphorien, de Saint-Clément, des Jacobins, de Saint-François-de-Paule, des Carmes, des Minimes, les vieilles tours de Guise et de Charlemagne, les hôtels de Goin, de la Cordelière, de l'Arbalète, et plusieurs maisons antiques dont l'histoire souvent curieuse serait trop longue ici, offrent des beautés monumentales que les connaisseurs et les archéologues remarquent.

Dans la rue du Petit-Saint-Martin, ont voit une ancienne chapelle abandonnée qui fut élevée sur l'emplacement où furent déposés les restes de saint Martin, à leur arrivée de Candes, où le saint était mort en 400. On y lit l'inscription suivante :

Saint Martin grand ami de Dieu
Venu de Candes dessus Loire
Reposa dedans ce saint lieu
Qu'on dédia pour sa mémoire.

Sur la place du Marché est une jolie fontaine en marbre blanc de Gênes. Cette fontaine, due au ciseau des frères Juste, artistes tourangeaux, fut édifiée par les ordres de Jacques de Beaune, seigneur de Semblancay. On y voit en beaux reliefs l'écusson de Louis XII, mêlé à celui d'Anne de Bretagne, son épouse. Dans la rue Royale, la plus grande, la plus belle de la ville, s'élève, entourée d'une balustrade, la statue en marbre de Descartes, né à La Haye, arrondissement de Tours, en 1596, Il est représenté tenant un livre et dans l'attitude de la méditation. Sur le socle, on lit cette devise du philosophe :

Cogito, ergo sum.

Cette rue, qui traverse toute la ville, aboutit à la rivière par une de ses extrémités et par l'autre à une grande place où verdoient et fleurissent deux squares ornés chacun d'un bassin et d'un jet d'eau. C'est dans cette place qu'un heureux hasard nous fit rencontrer, à la lueur de l'éclairage, un honorable habitant de notre pays, en compagnie de son épouse et de sa demoiselle. Ce fut pour nous comme pour lui une surprise aussi.

agréable qu'inattendue : on aime à se serrer la main dans une rencontre à soixante lieues de chez soi.

Sur cette place se présente la majestueuse façade du palais de justice ; huit grosses colonnes cannelées et d'une blancheur éclatante en supportent le fronton ; un large perron où l'on monte par deux escaliers en forme l'entrée. L'intérieur est grandiose et d'un style moderne. Ce bel édifice a été achevée en 1843. Le Mail, les boulevards, plantés de vieux arbres formant de belles allées, sont des promenades délicieuses. On y retrouve d'anciennes fortifications rasées au niveau du sol, et qui, en occupant l'attention de l'archéologue, permettent à sa vue d'errer sur les marais, les jardins, les riches paysages qui entourent la ville.

La cathédrale, un peu moins grande que celle d'Orléans, est faite sur le même plan. Ses deux tours, hautes de 85 mètres, couronnées de deux coupoles, s'élèvent majestueusement au-dessus de l'édifice et dominent toute la ville ; son grand portail, orné de statues représentant les apôtres, est dentelé, festonné de sculptures d'un travail inoui ; il est percé d'une grande fenêtre, surmontée d'une belle rosace dont le vitrail colorié représente différentes scènes bibliques et chrétiennes. Les deux portails latéraux, ornés aussi de grandes rosaces, tout le vitrail de l'église, également dessiné et colorié, sont un des plus riches décors de ce vaste édifice. L'intérieur, grandiose et sombre, présente la forme d'une croix latine ; son chœur, pavé de marbre, est d'une majesté imposante ; sa nef présente dans ses piliers, dans ses voûtes, une architecture savante et hardie. Dans l'une de ses chapelles se trouve le tombeau en marbre blanc des deux enfants de Charles VIII et d'Anne de

Bretagne ; ils sont représentés étendus l'un près de l'autre sur un lit mortuaire. De beaux reliefs décorent ce monument, qui est l'œuvre des frères Justes, nés à Tours.

Cette cathédrale est sous l'invocation de Saint-Gatien. Fondée au milieu du IVe siècle par Saint-Lidoire, brûlée en 559, elle fut reconstruite en 590 par le célèbre Saint-Grégoire ; incendiée de nouveau en 1166, elle fut rebâtie en 1170 et achevée telle qu'on la voit aujourd'hui en 1507. Sous la clef du petit dôme de la tour septentrionale, on lit :

L'an M.CCCCC.VII, fust faict ce noble et glorieux édifice.

La ville de Tours est peuplée de 40,000 habitants ; elle est la patrie de Rapin, de Destouches, de Grécourt, de Balzac, des généraux Meunier et Marescot, du célèbre médecin Heurteloup, de Mlle de la Vallière, etc. Dans les environs de Tours se trouve la colonie de Mettray, l'un des plus beaux, des plus utiles établissements de bienfaisance et de moralisation qu'ait créé l'humaine philantropie. Près de là est la grotte des fées, monument celtique que visitent les curieux. On trouve encore le Plessis-lez-Tours, château-fort où mourut Louis XI et où le cardinal La Balue fut enfermé dans une cage de fer ; Marmoutiers, Saint-Côme et Beaumont-lez-Tours, célèbres par leurs vieilles abbayes et par les grands et saints personnages qui y vécurent ; Roche-Corbon, avec son escalier de St-Georges de 122 marches taillées dans le roc et ses grottes remplies de stalactites curieuses ; Luynes, avec ses restes d'un aqueduc romain ; Saint-Avertin, dont la source, dite du Limaçon, alimente les fontaines de Tours ; Larcay, où fut assassiné Paul Courrier, à qui sa veuve fit ériger un monument dans l'endroit même de sa mort; Savonnières, dont les caves gouttières et festonnées de stalactites représentent à la lueur des flambeaux un palais féérique ; Pontpierre et son dolmen druidique ; la Roche, où vécut et mourut le poëte Racan ; Montbazon, dont le château longtemps habité par des rois qui sont en poudre, n'offre plus que des murs en ruines ; Conzières, où Armand de Rancé trouvant morte, à son retour de Rome, la belle Mme de Montbazon, sa maîtresse, prit aussitôt la résolution de se faire trappiste ; Loches, dont le château fut tour à tour un lieu de plaisance et une prison ; où, près de l'appartement qu'habitait Charles VII, se voit le tombeau d'Agnès Sorel ; Chinon, où fut retenu captif Jacques Molay, grand-maître des Templiers ; on y montre encore, dans le château-fort en ruines, l'endroit où Jeanne d'Arc fut présentée à Charles VII ; Rigny-Ussé, dont le château, construit par Vauban, est un des plus beaux monuments de la Touraine ; Fierbois, où Jeanne d'Arc découvrit par une sorte d'inspiration l'épée de Charles Martel dans la tombe d'un chevalier, selon la légende ; et un grand nombre d'autres lieux et monuments remarquables qu'il serait trop long de citer.

Après un court séjour à Tours et un coup d'œil rapide sur ses environs, nous en partîmes le matin pour Paris, en repassant par Amboise, Blois et Orléans.

J'aurais voulu pouvoir m'arrêter un peu dans cette dernière ville ; j'avais un hommage à rendre à la tombe, à la mémoire de M. de Reyrac, auteur de l'*Hymne au Soleil*, poëme en quatre chants que j'ai mis en vers ; il était prieur-curé à Orléans ; c'était un homme de génie et d'un cœur sensible ; il aimait les beautés de la nature, dont il fait d'admirables descriptions; sentant sa fin approcher, il fit une dernière promenade à Olivet, dont il dit dans son beau poëme :

> Olivet, lieu charmant et digne des Dieux mêmes
> Si, connu de nos rois, à tes beautés suprêmes
> Ils eussent marié ces rares agréments,
> Ces prodiges de l'art, ces pompeux ornements
> Dont Versaille avec gloire au milieu de la France
> Etale la richesse et la magnificence;
> O pays enchanteur! pays délicieux !
> Je ne te verrai plus... Ah! reçois mes adieux.

Nous revîmes les côtes vineuses de Beaugency, les plaines fromenteuses de la Beauce ; et le soir nous arrivâmes dans ce Paris dont le luxe vous éblouit, dont le bruit vous assourdit, mais dont la grandeur, la magnificence surpassent tout ce qu'en fait d'art, de richesse, de cités, vous avez pu avoir ailleurs.

Le lendemain, nous avions encore à nous une demi journée à utiliser; toujours curieuse et infatigable, ma sœur voulut la remplir d'une manière qui couronnât les journées précédentes. « A Versailles, » dit-elle, et nous voilà partis.

Passy, Sèvres, Saint-Cloud, Viroflay, Puteaux, avec leurs sites semi-champêtres, semi-citadins, passèrent tour-à tour sous nos yeux. Nous vîmes ces charmantes villas, ces kiosques, ces châlets, ces jardins, construits, ornés, plantés, variés, selon les goûts, la fortune de ceux qui les possèdent. Bientôt se déroulèrent devant nous les grandes et royales allées de l'entrée de Versailles, et le château nous apparut dans toute sa splendeur. Nous visitâmes ce monument, dont les anciens eussent fait la huitième merveille du monde, ces Trianons, ce parc immense où tout parle de la magnificence d'un grand roi, où mille chœfs-d'œuvre qu'on tenterait en vain de décrire fatiguent les yeux, surpassent tout ce que l'imagination peut concevoir de beau et de grand, et montrent combien sont sublimes les œuvres du génie, combien est grande la nation dont ce monument révèle les gloires et la puissance.

En admirant ces beautés de l'art, je faisais malgré moi des réflexions qui en ternissaient un peu l'éclat à mes yeux et qu'on ne fait jamais devant les beautés de la nature : Que de pauvres, me disai-je, ont peut-être manqué de pain sous leur toît pour qu'il ne manque pas d'or en ces lieux, et que de rois, peut-être, ne fût-ce que l'infortuné Louis XVI, ont envié, sous ces riches lambris, la paix, la sécurité du pauvre dans sa chaumière! A quoi bon ces magnificences, si elles ne font rien pour le bonheur de ceux qui y sacrifient la fortune du peuple. Les beautés que j'admire sans regret sont celles qui charment les yeux sans constrister la pensée.

Nous saluâmes avec un respect admiratif ce magnifique et glorieux palais.

Nous revînmes par Saint-Denis, le bourdon grondait, il y avait grande solennité à l'église, nous y entrâmes. Son intérieur est comme un musée religieux, où se résume l'histoire de l'art et de la monarchie française, depuis Clovis Ier jusqu'à nos jours. L'office était célébré avec pompe, une société d'orphéonistes y exécutait des morceaux remarquables de nos célèbres Mozart et Adam, mais, j'en demande pardon à leurs auteurs, ces chants saccadés, compliqués, ces partitions travaillées qui ont les éclats de l'emportement, les exaltations de l'enthousiasme, et un peu les effets de l'orchestre, ne valent pas, selon moi, la beauté simple et majestueuse du chant grégorien, il s'harmonise mieux avec la gravité de l'église, il exprime plus chrétiennement la piété de l'homme qui prie, l'humilité de l'âme qui adore; il est plaintif comme le cœur qui souffre, suppliant comme la voix qui invoque, joyeux comme la reconnaissance qui bénit, sérieux comme la foi qui se recueille. Il y a dans le chant grégorien, un caractère, un accent tellement en harmonie avec les paroles de l'hymne et les sentiments de l'âme, qu'on ne peut que le gâter en voulant le changer. Quel mal inspiré oserait mettre sur un autre ton, le *Dies iræ*, le *Te deum*, l'*O filii*, le *Stabat*, le *Vexilla Regis*, le *Veni creator*, etc.? Jamais je n'ai vu dans les compositions de nos grands maîtres l'*Homo factus est* aussi bien exprimé qu'il l'est dans le simple *Credo*. Après tout, ceci est une affaire de goût, je puis m'y tromper comme un autre.

Là, nous vîmes ces vieux évêques qui composent le chapitre métropolitain de cette vaste basilique. Vétérans du sacerdoce, ils se reposent sous l'aumusse des fatigues de l'épiscopat, vivant dans les pompes du culte, entourés des splendeurs de l'église, la pensée dans le ciel, les pieds sur la cendre des rois, ils ne s'étonnent ni ne s'inquiètent de ce qui se passe dans le monde; leur âme toujours dans la contemplation de Dieu plane sur nos chefs-d'œuvre, sur nos progrès qui brillent à leur yeux sans les éblouir, et leur charité paternelle a des absolutions pour nos fautes et des prières pour nos misères.

Nous visitâmes ces caveaux où les tombes de nos rois

sont vides, et les monuments funèbres de Louis XII, de François Ier, et de Henri II, qui sont des chefs-d'œuvre de Philippe de Lorme et de Germain Pilon : mais il se faisait tard, les échos dormaient sous les voûtes de ce bel édifice, un rayon du soir en faisant resplendir les couleurs de ses grandes verrières semblait animer tous ces rois qu'elles représentent. On eut dit que ces grands justiciables étaient convoqués à comparaître ici dans un tribunal du juge suprême. Nous contemplions ce cortége magnifique, ces ogives qui portent tant de siècles, nous foulions d'un pied religieux ces dalles qui recouvrent tant de royales sépultures, et quand, descendus de la tour, les sons graves de l'*angélus* roulèrent jusques dans la profondeur des caveaux, nous crûmes entendre une voix de l'éternité proclamant le Dieu des mondes sur le néant des grands de la terre. Le lendemain nous rentrâmes à Dammartin. De quelque lieu qu'on revienne, c'est toujours avec plaisir qu'on revoit son pays: c'est qu'il a pour nous un attrait que nul autre ne peut nous offrir. C'est que chez lui nous retrouvons le berceau de notre enfance, la tombe de nos proches, des cœurs qui nous aiment et des bouches qui nous appellent par notre nom.

L'ÉGLISE DE SAINT-JEAN

DE DAMMARTIN

Tout ce qui vient de l'homme en a la fragilité, une main mortelle ne peut rien créer d'impérissable. Les monuments les plus solides ne comptent que quelques jours de plus dans le temps, il faut qu'ils passent comme passent les empires et les générations, c'est la loi des êtres. Ainsi ont passé chez nous ces citadelles formidables de Coucy, de Pierrefonds, d'Ouchy, de la Ferté-Milon, de Montépiloy, de Château-Thierry, de Dammartin et autres.

Cela n'a rien qui nous étonne, tout ce qui s'élève excite l'envie, tout ce qui menace provoque une défense; la civilisation a dompté ces géants de la féodalité, ces forteresses qui formaient des exubérances sur le niveau social; un jour, lasse d'oppression, la chaumière s'insurgea contre le château, et la tour du despote croula sous le marteau du serf: il est bon que ce qui s'arme contre nous soit désarmé par nous.

Mais ce qui afflige l'archéologue, le poëte, le chrétien,

c'est de voir tomber sous nos mains ces églises, ces monuments religieux qui, loin d'être la terreur des populations, en sont le refuge, l'espérance, la consolation. Je veux parler de ces grands et somptueux édifices de Prémontré, de Longpont, de Saint-Jean-des-Vignes, de Fontevrault, de Châlis, que fondèrent des Norbert, des Josselin, des Raoul, des Louis IX; qu'illustrèrent des saints, que dotèrent des rois; de ces basiliques, de ces abbayes, de ces monastères qui appartenaient à la religion par leur sainteté, à l'art par leur construction, à la vénération par leur âge ; ils décoraient nos cités, poétisaient nos campagnes, sanctifiaient la solitude ; ces grands édifices ont eu aussi leurs temps révolus.

Ceux qui, déserts, abandonnés, s'affaissent sous leur propre poids, meurent de vétusté et cèdent à la loi commune, c'est une existence qui a atteint sa limite, c'est un vieillard qui s'éteint, il laisse des regrets. La pierre qui le composait retourne à la poussière d'où elle est venue, la faute en est au temps. Mais ceux que nous détruisons tombent avant l'heure, ce n'est pas une ruine, c'est une démolition. Le coup que nous leur partons est souvent le meurtre d'un chef-d'œuvre, la profanation d'une sainteté, un crime de lèse-monument, un vandalisme d'architecture; nous montrons par un triste exemple que ce respect qu'ils commandent ne nous retient pas quand il nous plaît de les abolir, et que la maison de Dieu ne résiste pas plus que celle de l'homme à l'usure du temps, au fer des révolutions, au caprice de la volonté.

Mais il est de ces églises qui, gercées sous le poids des siècles, suspendent sur nos têtes un danger que ne peut balancer la foi qui nous y appelle, et si l'art ou les ressources communales n'y peuvent remédier, force est aux fidèles de les abandonner. Telle est aujourd'hui l'église de Saint-Jean de Dammartin. Sa fondation remonte au commencement du XIIme siècle, et telle que ses sept cents ans l'ont faite, elle est arrivée à cette décrépitude où elle ne peut être ni fréquentée ni réparée. Son entière reconstruction nécessiterait une dépense qui dépasse de beaucoup tous les moyens, toutes les ressources que pourrait réunir notre ville.

C'est donc à regret que, sur un rapport de l'architecte diocésain, cette église, prudemment fermée à cause du péril dont elle menace, doit être démolie ; peut-être ce péril n'est-il pas si imminent qu'on n'eût pu attendre encore ; mais même pour l'amour de Dieu, on ne devait pas, dans ces murs crevassés, exposer la vie des assistants aux risques d'un *peut-être*. L'administration a dû, avant tout, prendre en considération la sécurité publique. Ainsi encore quelque temps, et cette église qui est un édifice remarquable ne sera plus qu'un monceau de débris dont les matériaux serviront aux réparations et agrandissements de l'église de Notre-Dame, à présent notre unique paroisse. Et ces autels où tant de fois s'agenouilla la prière, ces voûtes qui répétaient nos hymnes, où montait notre encens, ces piliers, ces arceaux si bien sculptés, ces murs tant de fois bénis, ces dalles qui recouvrent tant de sépultures, que tant de générations ont foulées, où tant de fronts se sont inclinés, ces belles ogives, ce chœur, cette abside, enfin ce pieux monument que nos pères ont fondé, que des siècles ont consacré, que les révolutions ont respecté, et auquel se rattache l'histoire religieuse de notre pays, tout cela va disparaître et ne laissera plus qu'un souvenir. Je me trompe il en restera le portail dont les belles sculptures, représentant une scène biblique, sont un ornement, et le clocher qui est bien villageois, mais qui pour l'heure et la sonnerie est une utilité.

Il faut donc s'incliner devant une fatale nécessité, voir tomber sous nos mains ce sanctuaire où tant de chrétiens ont reçu leurs sacrements, et gémir sur sa ruine. On déplore l'abandon de cette antique église, car l'édifice qui attend le démolisseur, c'est le condamné qui attend le bourreau. Que les indifférents y soient insensibles, mais moi, historien de mon pays, je regretterai toujours cette église qui en fut si longtemps la dévotion. Que n'ai-je pu dans le conseil obtenir un sursis à l'arrêt qui la condamne, une grâce pour sa caducité, et, comme je l'ai fait avec bonheur pour l'église de Notre-Dame, intéresser à cette pauvre paroisse de Saint-Jean de puissantes autorités. Hélas ! les temps sont changés, l'église n'a plus de triomphe, l'Etat a d'autres intérêts qui le préoccupent, la religion n'a plus les mêmes soutiens, et, avec la même bienveillance, les mieux intentionnés n'ont plus les mêmes moyens.

Quels étaient donc ceux de nos ancêtres qui fondèrent tant de monuments religieux non-seulement pour Dieu mais pour l'homme ? O puissance de la foi ! Alexandre, César, Napoléon, ont soumis le monde, ils n'ont qu'un nom et un tombeau. Saint Crépin n'était qu'un artisan, il vécut pauvre, obscur, ignoré, mais cet artisan était un saint, il a un culte et des autels, autre temps, autres mœurs et autre foi.

ALEXANDRE OFFROY

XIIe ET XIIIe SIÈCLE

(HISTORIQUE)

C'était sous Louis huit ; Henri roi d'Angleterre
Faisait contre la France une implacable guerre,
Et refusait au roi l'hommage, le serment
Qu'il lui devait, vassal, pour son duché Normand.
Mais Louis l'eut contraint à cette déférence
Si, contre l'Albigeois marchant comme un chrétien,
Il ne fut mort victime, a dit un historien,
Du poison de Thibault ou bien de continence.

Thibault de Blanche était follement amoureux (1)
Et Louis observait un jeûne rigoureux.

(1) La reine Blanche de Castille ; des historiens rapportent que Louis VIII mourut d'un poison dont Thibault fut soupçonné; d'autres, qu'il mourut de continence.

Alors, faisant le bien, vivait à la Rochelle
D'un couple fortuné le plus parfait modèle.
Ces époux se nommaient sans titre et non sans foi,
La femme, Laure Arsan, l'homme, Alexandre Offroy.
Ils avaient, travaillant sans trafic, sans bassesse,
Acquis dans le commerce une grande richesse,
Ils montraient des vertus l'exemple à leurs enfants,
Pour tous ils étaient bons, justes et bienfaisants ;
La sainte piété, l'amour pour leurs semblables,
Sanctifiaient leur or dans leurs mains charitables,
Ayant de l'indigence éprouvé les besoins,
Au pauvre, au malheureux, ils prodiguaient leurs soins,
Et partout dans la ville avec reconnaissance,
On bénissait leurs noms, citant leur bienfaisance.

Mais pour le bon Offroy c'était trop de bonheur,
Il lui fallait aussi l'épreuve du malheur.

La France sur les mers où flottait sa bannière
Guerroyait, commerçait avec l'Europe entière.
Ses vaisseaux de ses ports partaient en ce temps-là,
Pour Chypre, Alexandrie, et le Caire et Jaffa.
Offroy négociant au port de la Rochelle
En avait frêté dix d'une charge nouvelle,
Et pour de l'armateur former la cargaison,
Il avait de valeur épuisé sa maison;
Il avait emprunté sur parole donnée
A des Juifs de ce temps des fonds pour une année,
Fondant sur le retour de ses vaisseaux l'espoir
D'acquitter sa créance en doublant son avoir.
Leurs produits échangés aux lointaines contrées,
Ils devaient rapporter les plus riches denrées;

Mais que peut-on fonder sur la mer et le vent ?
Le mortel qui s'y fie est leurré bien souvent.

Deux ans étaient passés et sur la mer immense
De la flotte d'Offroy nul n'avait connaissance.
En vain il attendait ses vaisseaux, son facteur,
Tout faisait à ses yeux présager un malheur.
Cependant pour répondre à ses emprunts à termes,
Offroy, forcé de vendre, avait vendu ses fermes,
Il s'était pour payer privé de tout son bien,
Et de son opulence il ne lui restait rien ;
Tombé dans la misère, il allait dans les rues
Demander à des mains qu'il avait secourues,
Et qui, le voyant pauvre, errant, disgracié,
A ses pressants besoins se fermaient sans pitié.

Ainsi, l'homme subit le sort de sa fortune,
Grand, nous l'importunons, pauvre, il nous importune.

Mais, grand malgré le sort, Offroy, dans son malheur
En perdant tous ses biens avait gardé l'honneur.
Déjà depuis cinq ans le jour navrait son âme
De souffrances, d'affronts que partageait sa femme,
Mais Dieu qui les voyait priants et non lassés,
Dans sa juste clémence avait dit : c'est assez.

Voilà que dans la ville une rumeur publique
Dit qu'au port dix vaisseaux arrivent de l'Afrique,
Qu'ils ancrent protégés du pavillon du roi,
Et que leur armateur partout demande Offroy :
C'était sa flotte qui, d'une plage lointaine,
Revenait tout entière et de richesses pleine

On cherche, on ne sait plus son gîte ni ses noms,
Au fond d'une masure on le trouve en haillons,
Il vient, il reconnait son facteur et sa flotte,
Voit un Dieu dans ces coups du sort qui le ballotte,
Renonce à tout négoce, à cet or séducteur,
Dont le sage s'abstient et qu'encense un flatteur,
Et fait le vœu d'offrir au ciel qu'il remercie
Par des œuvres de bien ces biens qu'il apprécie.

Allez, dit-il, à ceux qui reviennent à lui,
Riche, vous me cherchez, pauvre vous m'avez fui,
Je dois aimer, servir avant vous sur la terre
Tous ceux qui m'ont aimé, servi dans ma misère ;
Votre cœur dur, ingrat, pour moi n'eut que dédain,
C'est pour mes bienfaiteurs que doit s'ouvrir ma main.

Bientôt dans La Rochelle on vit sous son auspice
S'élever à grands frais une église, un hospice (1),
Ici, pour les chrétiens, ici pour les souffrants,
Une école à côté pour les petits enfants ;
Ailleurs, une maison que l'évêque confirme
Pour le pauvre orphelin, le vieillard et l'infirme ;
Ailleurs, un saint asile, un bureau de secours,
Pour ceux dont l'indigence afflige les vieux jours.

Les Rochellois voyaient ces monuments paraître,
Sans que de tels bienfaits l'auteur se fit connaître ;
Seulement on disait qu'Offroy selon son vœu
Avait de tous ses biens fait la part du bon Dieu.

(1) Le grand hôpital de Saint-Barthellemi, fondé par Offroy en 1203.

Offroy depuis longtemps a perdu la lumière (1),
Des siècles ont passé sur sa froide poussière,
Le temps dans La Rochelle a mille fois détruit
Ce que l'homme en passant a mille fois construit,
Mais après six cents ans, d'Offroy dans La Rochelle
Le nom est encor cher, la mémoire encor belle.

(1) Alexandre Offroy est mort à La Rochelle (Charente-Inférieure), en 1215, et sa mémoire y est toujours en vénération.

LA FENÊTRE DU COEUR

Si l'homme, qu'on connaît à peine,
Avait une fenêtre au cœur,
On y verrait l'amour, la haine,
Qui font sa honte ou son honneur.

Il en est, c'est le petit nombre,
Dont les sentiments sont si beaux,
Que pour les contempler sans ombre,
Il faudrait ouvrir les rideaux.

Mais il en est dont l'âme nue
A des pensers si faux, si laids,
Que pour les cacher à la vue
Il faudrait fermer les volets.

LE CHEMIN DE FER

A M. Chollet, *Curé-Doyen de Villers-Cotterêts*

De votre muse pastorale
J'ai lu les charmants petits vers :
Votre verve est toujours égale
En traitant des sujets divers.
D'un pays d'illustre mémoire,
Et de son antique forêt,
Vous avez célébré l'histoire
Dans un livre plein d'intérêt.

Aujourd'hui, comme deux sirènes,
Vous faites parler noblement
Deux naïades de vos fontaines
Dont vous êtes le confident.
De vos déesses bocagères
La voix se répète en tout lieu ;

Vous peignez comme Deshoulières
Et vous rimez comme Chaulieu.

Eucharis veut que son amie
Partage sa grotte et son sort ;
Ici, dit-elle, c'est la vie,
Chez toi maintenant tout est mort.
Depuis que dans mon voisinage
Le wagon a tracé son cours,
On te quitte pour mon rivage,
Tu perds, je gagne tous les jours.

Je vois aller, venir sans cesse,
Ce train qui, sur un rail de fer,
S'élance avec plus de vitesse
Que le vol de l'oiseau dans l'air.
La nuit, son feu brillant m'éclaire,
De son sifflet j'entends la voix,
Son bruit gronde comme un tonnerre,
Sa vapeur frémit sous nos bois.

Le jour, ma limpide fontaine
Voit son voyageur au départ,
Et dans ce grand char qui l'entraîne,
Reflète un chef-d'œuvre de l'art.
Le promeneur vient à ma source
Puiser un flot rafraîchissant,
Et le chasseur las de sa course
Sur mes bords s'arrête en passant.

Viens donc, ici chère Aréthuse,
Voir les merveilles que je vois,
Quitte ce lieu qui te refuse
L'hommage qu'ici je reçois.

Laisse ta grotte qui s'abîme,
Tes bords déserts, tes flots mourants :
On meurt où plus rien ne s'anime,
On ne vit qu'avec les vivants.

Mais Aréthuse est insensible
A ces paroles d'Eucharis,
Cette déesse au cœur paisible
Abhorre ce qui sent Paris.
Ce train, ce wagon, lui dit-elle,
Pour moi c'est un monstre infernal,
Il brûle la main qui l'attelle,
Il fait moins de bien que de mal..

On craint son haleine enflammée,
Il épouvante quand il fuit,
L'air est troublée de sa fumée,
Et le silence de son bruit.
Et si, dans sa course effroyable,
Par un choc il est dévoyé,
On entend un cri lamentable,
Et son voyageur est broyé.

L'homme trompé dans sa science,
S'expose en dirigeant son cours,
Il veut abréger la distance,
Souvent ! il abrége ses jours.
Alors le désordre, l'obstacle
Des pleurs, des cris, du sang, des morts,
Voilà, ma sœur, le beau spectacle
Qu'on peut admirer sur tes bords.

Pour moi ta demeure est peu sûre,
Et ta merveille a son horreur,

Je reste près de la nature
Pour être plus près du bonheur.
Tu connais ma grotte champêtre,
Viens-y plutôt, chère Eucharis,
Tu sais que l'ombre d'un vieux hêtre
Y protége les jeux, les ris.

Rien n'y trouble mon onde pure,
L'écho toujours gai de mes bois
Répète mon eau qui murmure,
Le luth qui chante sous mes doigts.
Le passant que je désaltère,
Le philosophe, le rêveur,
Viennent de mon bord solitaire
Goûter la bénigne fraîcheur.

La jeune fille du village
Près de ma source vient s'asseoir,
Et contemple sa douce image
Qui lui sourit dans mon miroir.
Mes nymphes qu'un beau jour rassemble
Dansent autour de mon bassin,
Le soir, les moissonneurs ensemble
Y font leur rustique festin.

Et comme Pétrarque à Vaucluse,
Heureux sur mes bords autrefois,
Le grand Racine de sa muse
Charmait les princes du Valois.
Je ne puis quitter tant de charmes
Pour le tableau que tu me fais ;
Merci de tes bruits, tes alarmes,
J'aime mieux rester dans ma paix.

Ainsi de l'Ourcq et la Ramée
Vous faites parler les deux sœurs,
Par vous chaque nymphe animée
S'exprime en vers pleins de douceurs.
Mais quoique l'une puisse dire,
J'aime l'autre qui n'en croit rien.
Quand on a ce que l'on désire
Le mieux quelquefois nuit au bien.

De rester fidèle à son onde
La sage Aréthuse a raison :
Que sont le bruit, l'éclat, le monde,
Contre la paix de son vallon !

Ainsi dans votre solitude,
Cher pasteur, coulent vos loisirs,
Et dans l'autel et dans l'étude
Sont votre amour et vos plaisirs.
Ah ! soyez toujours notre maître
Dans l'art des chants harmonieux,
Pour nous charmer, c'est à vous, prêtre,
De parler la langue des dieux.

LA JEUNE AVEUGLE (1)

Hier, tout m'enchantait, je sortais de l'enfance,
D'un livre, d'un feston, j'occupais mes instants,
J'avais pour tout trésor un cœur plein d'innocence,
Les charmes de mon sexe et ceux de mon printemps.

Jeune vierge j'étais neuve encor sur la terre,
Je ne connaissais rien du monde que ses fleurs,
Que le toit où j'étais heureuse avec ma mère,
Que le temple où j'allais prier avec mes sœurs.

J'admirais l'univers, j'aimais de la nature
Le spectacle pour moi toujours si neuf, si beau,
J'aimais à me parer, à fouler la verdure,
A contempler du ciel le sublime tableau,

(1) Cette élégie me fut inspirée par une jeune personne de Dammartin (Mlle Commelin), qui, à l'âge de 16 ans, a été frappée d'une entière cécité, et qui est l'objet intéressant de la commisération publique.

Le présent, l'avenir, la ville, les campagnes,
Tout n'était qu'espérance, amour, bonheur pour moi,
J'allais jouer avec mes joyeuses compagnes,
Ou vénérer la sainte en qui nous avions foi.

Les grâces, la beauté profitaient à mon être,
En passant près de moi, l'on disait : qu'elle est bien !
Encore quelques jours et l'on dit que peut-être
Un cœur aimant m'aurait parlé d'un doux lien.

Mais le monde pour moi n'a plus rien que j'envie ;
Je n'espère plus rien de ses jours séduisants,
J'ai perdu la lumière en conservant la vie ;
Hélas ! je suis aveugle et je n'ai que seize ans !

Le temps n'a plus pour moi que des heures funèbres,
Une taie a jeté son voile sur mes yeux ;
Le destin a changé mes beaux jours en ténèbres,
Et ce n'est plus pour moi qu'un soleil luit aux cieux.

Pour mon épreuve, hélas ! le bon Dieu que j'implore
Du plus triste fléau me fait subir la loi ;
Il n'est plus pour mes yeux ni de soir ni d'aurore,
Quand le jour luit pour tous la nuit règne pour moi.

Je suis comme l'oiseau qui vit dans un lieu sombre,
Comme la somnambule errant dans le sommeil,
Comme une tendre fleur qui se flétrit à l'ombre,
Et dont le vert bouton fleurirait au soleil.

J'écoute les regrets qu'inspire ma misère,
Les vœux pour que mon mal ne soit pas sans espoir,
Vous qui m'êtes si chers, ô mon père ! ô ma mère !
Quand j'entends votre voix, faut-il ne plus vous voir ?

C'en est fait, tout m'a fui, beauté, monde, jeunesse ;
Rien n'excite à présent mes vœux et mes désirs,
La gaieté qui m'entoure augmente ma tristesse,
Je suis sous mon bandeau morte à tous les plaisirs.

Que m'importe à présent que la flamme étincelle,
Qu'un astre ait son éclat, que brille une couleur ;
Que le jour, la saison, la fleur se renouvelle,
Tout est noir à mes yeux, tout est sombre à mon cœur,

Parents, amis, beaux lieux que j'aime, que je touche,
Faut-il ne plus vous voir après qu'on vous a vus !
Dans une nuit sans fin je me lève et me couche,
Et le monde est pour moi comme s'il n'était plus.

Souvent autour de moi j'entends pleurer ou rire,
Mais je ne puis plus voir le ris ni la douleur,
Je ne puis désormais ni travailler ni lire,
Je ne puis que penser et pense à mon malheur.

Seule, que puis-je, hélas ! je me perds dans ma route,
L'erreur trompe mes sens, le tact trompe mes doigts,
A chaque pas j'hésite, à chaque bruit je doute ;
Et je ne connais plus personne qu'à sa voix.

Comme un homme endormi qui dans la nuit se lève,
Je marche un pied tremblant et l'esprit agité ;
Mais il sort du sommeil, lui, son ombre est un rêve,
Moi, je reste en ma nuit, c'est une vérité.

Je suis une pauvre âme en peine sur la terre,
Pourtant ma vie est pure et mon cœur sans remord,
Quand vous avez ouvert mes yeux à la lumière,
Pourquoi me les fermer, seigneur, avant ma mort ?

Je ne vois plus ce ciel dont la beauté nous charme,
Le chagrin me flétrit dans l'âge du bonheur,
Pour pleurer je ne puis épancher une larme,
Et mes yeux ne sont plus le miroir de mon cœur.

Du sein de mon désert, comme Agar, je vous prie,
Le cri de ma douleur sera-t-il entendu ?
Quel bon ange, ô mon Dieu! viendra comme à Tobie,
Rendre à mes tristes yeux le jour qu'ils ont perdu ?

Le vide autour de moi creuse une solitude
Où j'excite en passant la pitié des mortels,
Où, conduite en des lieux dont j'avais l'habitude,
J'apporte ma prière au pied de vos autels ;

Mais le mal qui m'afflige en vain me désespère.
Mon Dieu ! je le bénis puisqu'il me vient de vous,
Je sais qu'en nous aimant vous châtiez en père,
Et que vous soutenez ceux qu'accablent vos coups.

Seigneur, donnez la force à mon âme timide,
Ayez pitié de moi dans mon infirmité,
Gardez le cœur qui m'aime et la main qui me guide,
Dans un pas difficile et dans l'obscurité.

Jusqu'au jour où quittant ce monde et sa mémoire
Au sortir du tombeau je verrai pour jamais,
Ces divines clartés que voit dans votre gloire
Celui qui ne fut pas aveugle à vos bienfaits.

L'AMOUR

L'amour a les effets du vin,
C'est le bonheur, c'est la folie,
C'est la santé, la maladie,
On en use jamais en vain.

Des jeunes, des vieux et des sages,
Il égaye, attriste les jours,
Il nous séduit à tous les âges,
Il nous trompe presque toujours.

C'est par lui que tout se commande,
Que le cœur est en appétit,
Que la petite femme est grande
Et que le grand homme est petit.

Mais à l'homme qui s'abandonne
Au charme que son feu nourrit,
Toujours dans son ivresse il donne
Aux sens le dessus sur l'esprit.

Quand on est auprès d'une belle,
On éprouve en toute saison
Que le peu qu'on gagne avec elle,
On le perd avec la raison.

Méfions-nous du sentiment,
Les premiers soupirs de tendresse,
Malgré leur douceur bien souvent,
Sont les derniers de la sagesse.

LE FORÇAT HONNÊTE HOMME

(HISTORIQUE)

Un forçat redoutable avait rompu sa chaîne;
Il errait près de Brest, fugitif dans la plaine;
Aux portes d'un village il arrive la nuit,
Aborde une maison où la faim le conduit,
Il frappe, on ouvre, il entre, et près d'un feu qui brille
Il voit de deux époux la nombreuse famille.

Il demande du pain et l'hospitalité:
Et bientôt par le maître à s'asseoir invité,
Il conte ses malheurs et montre sa misère ;
On offre à ses besoins le secours nécessaire;
On le plaint, le console ; il admire ces cœurs
Dont il aima toujours l'innocence et les mœurs.

Pourquoi fut-il privé de leur sort qu'il envie,
Ah! s'il pouvait chez eux finir en paix sa vie!
Servir ces bonnes gens sous des noms inconnus,
Et racheter son crime à force de vertus !

Il offre son travail. Oh ! merci, dit le maître,
Nous ne sommes heureux pas plus que vous, peut-être,
Et pour le terme échu que je ne peux payer
On nous force demain à quitter ce foyer.

Le forçat s'attendrit ; il plaint ce pauvre père,
Mais pour lui, pour les siens, hélas ! que peut-il faire ?
Il cherche, il imagine et trouve dans ses jours
Pour ses hôtes qu'il aime un moyen de secours.
— De ce que vous devez, monsieur, qu'elle est la somme?
— Trois cent francs.
— Je les ai.
— Vous les avez, brave homme,
Vous qui du mendiant mangez ici le pain !
— Pour vous j'ai plus encor, vous aurez tout demain.
— Mais qui donc êtes-vous? quel délire vous gagne ?
— Vous voyez un forçat échappé de son bagne !...

Ces mots dans la maison répandent la terreur.
De cet homme chacun s'éloigne avec horreur.
— Laissez là, leur dit-il, l'effroi que je vous cause :
A cette heure écoutez l'avis que je propose,
Par le gouvernement cinq cents francs sont offerts
A qui dénonce et livre un échappé des fers ;
Me voici, prévenez la brigade prochaine,
Et pour vous à ce prix je rentre dans ma chaîne,
Mes fers seront légers, mes jours moins douloureux,
Quand je saurai qu'en vous ils ont fait des heureux.
— Non, sortez, misérable, ici votre présence
Compromet par le crime une honnête indigence.
— Mais je ne veux sortir qu'enchaîné par vos mains,
Et qu'en suivant de Brest avec vous les chemins,

A ceux dont le bon cœur m'offre un secours, un gîte,
Je veux que mon retour à mon bagne profite.
Demain, captif heureux, vous me lierez les bras
Et vers mon pilori vous guiderez mes pas.

. . . .

Et quelques jours après, heureux dans leur commune,
Deux époux bénissaient leur nouvelle fortune,
Et l'on voyait au port, déblayant le galet,
Un forçat retrouvé content de son boulet.
Mais ce trait généreux fit commuer sa peine,
Le captif bienfaiteur a vu briser sa chaîne,
Il a par son exemple honoré son lien,
Et montré que le bagne eut un homme de bien.
Ainsi du crime aux fers comme de l'innocence,
La bonne œuvre en ce jour trouva sa récompense.

LA LETTRE AU BON DIEU

(HISTORIQUE)

Dans Paris demeurait presque au dernier étage
De deux jeunes époux le paisible ménage.
Ils avaient cinq enfants, étaient logés sans bail
Et vivaient sobrement du fruit de leur travail;
Ils s'aimaient, ils avaient la santé, de l'ouvrage,
(L'ouvrier pour son bien n'en veut pas d'avantage).
Lorsqu'un destin jaloux du plus petit bonheur,
Vint dans cette indigence apporter le malheur :
L'homme tomba malade et la femme souffrante
Sur le lit de douleur se vit bientôt mourante ;
La maison fut bien triste, et les enfants sans pain
Etaient dans l'abandon tourmentés par la faim.

Mais l'ange des petits veille sur leur enfance,
Au défaut d'une mère ils ont la providence :
Le ciel vit en pitié ces époux, ces enfants.
De ces pauvres petits l'ainée avait huit ans,

C'était par son bon cœur une adorable fille,
Elle était le soutien de toute la famille,
Elle seule obtenait et donnait le secours,
Qui de ses chers parents faisait durer les jours.

Un soir il lui revint une sainte parole
Qu'elle avait sur les bancs entendue à l'école :
« Mes enfants, avait dit la charitable sœur,
« Quand le mal vous afflige, invoquez le Seigneur,
« C'est un bon père, il donne à l'enfant qui demande. »

Moi, je vais l'appeler, notre misère est grande,
Se dit la jeune fille, il viendra bien chez nous.
A l'écart, en secret, elle écrit à genoux :
« Mon Dieu ! venez vite à notre aide,
« Pour tous les malheureux vous qu'on dit bien humain,
« De nos maux soyez le remède,
« Sauvez papa, maman, et donnez-nous du pain. »
Sa lettre mal pliée et l'adresse bien mise,
En cachette elle court la porter à l'église.
Elle entre dans Saint-Roch en se signant le front,
Et va pour déposer son papier dans le tronc :
Elle croit que du ciel cette boîte est la poste.

Une dame, en priant, l'avait vue et l'accoste :
— Quel papier tiens-tu là, petite, en ce saint lieu ?
— Vous le voyez, j'envoie une lettre au bon Dieu.
— Que lui demandes-tu ? — Tenez, lisez, madame.
La dame lit, s'étonne, est émue en son âme.
— Pauvre enfant ! tes parents sont donc bien malheureux !
Mais comment le Seigneur enverra-t-il chez eux ?
Pour aller à leur gîte il faut qu'il le connaisse.

— Puisqu'il sait tout, madame, il connait leur adresse.
— Oui, mais l'ange qui doit leur porter ses secours?
— Ah ! c'est donc pour cela que je l'attends toujours,

Alors ingénûment, elle dit la mansarde
Où ses parents n'ont qu'elle et le bon Dieu pour garde.
Elle dit en pleurant leur peine, leur malheur,
Epanche les chagrins de son bon petit cœur,
Intéresse la dame à son père, à sa mère,
Et se retire après avoir fait sa prière.

La prière, les pleurs ont un effet puissant
Quand ils sont exprimés par un cœur innocent;
Le ciel en fut touché ; le monde vit encore
Que ce n'est pas en vain que le malheur l'implore.

Le lendemain matin, les malades surpris
Virent une cassette entrer en leur logis :
De pain, de vêtements, de linge elle était pleine,
On y comptait de francs en or une centaine,
Et, baissant le couvercle, on lisait au milieu
A la pieuse enfant, réponse du bon Dieu.

Ainsi de l'humble enfant la lettre en son mystère
Avait eu pour facteur un ange sur la terre.
Par des moyens secrets ainsi dans sa bonté
Souvent selon nos vœux Dieu s'est manifesté.

A UN JEUNE ÉLÈVE

Encor tout attendri de l'adieu de ta mère,
Tu quittes à regret cette maison si chère
Où par le souvenir tu reviendras souvent;
Et sous le docte abri qu'un ciel de paix protège,
Tu vas passer enfin de l'école au collége,
Du livre élémentaire au livre du savant.

Comme un jeune arbrisseau dont on soigne la tige,
Là, l'élève s'instruit sous l'art qui le dirige,
Forme son jugement, ses mœurs et sa raison.
Un bon maître est pour lui plein de sollicitude,
Il saura féconder par une utile étude
Tout ce que la nature en ton cœur mit de bon.

Il te dira que l'homme est actif quand il pense,
Qu'il ne peut être grand que par l'intelligence,
Qu'aujourd'hui le savoir est un bien qu'il lui faut,
Qu'il n'est jamais pour lui de progrès sans lumière,
Que chez nous l'intellect prévaut sur la matière,
Et qu'où règne l'esprit le sot est en défaut.

Aime donc, mon ami, l'étude et la science,
Cultive ces beaux arts qu'on enseigne à l'enfance,
On ne vaut ce qu'on est que par l'esprit qu'on a :
Quoi qu'en tout lieu pour nous la faveur puisse faire,
Les vertus, les talents pour parvenir et plaire,
Sont le plus sûr attrait que le ciel nous donna.

Il est beau de penser et d'apprendre à ton âge,
De joindre à la leçon les préceptes du sage,
De conquérir ses droits à l'estime, à l'honneur ;
Le rang et la fortune ont bien leur avantage,
Mais le cœur, le savoir nous plaisent davantage.
Un écolier sans prix, c'est la plante sans fleur,

Sois attentif à l'œuvre, au devoir qu'on te livre,
En course aime tes jeux, en classe aime ton livre,
Sois humble sans bassesse et digne sans orgueil,
Montre-nous tes progrès par ta bonne conduite,
Et que dans le concours, où le travail profite,
La paresse n'ait pas pour ton grade un écueil.

L'étude a ses plaisirs qui compensent ses peines,
Elle va te parler et de Rome et d'Athènes,
T'enchanter d'un Solon, t'étonner d'un Brutus.
Homère t'instruira par tout ce qu'il sait dire,
Salluste par l'histoire, Horace par sa lyre,
César par ses exploits, Caton par ses vertus.

L'étude est ce beau feu qui nous meut, nous enflamme,
Elle orne notre esprit, elle élève notre âme,
Nous rend meilleur, plus sage et nous charme en tout temps,
Elle nous montre Dieu, nous couronne de gloire,
Nous fait dans le passé vivre par la mémoire,
Elle ajoute en un jour des siècles à nos ans.

Ce qu'est pour l'amateur le tableau qu'il contemple,
Ce qu'est le jour pour l'œil, et l'autel pour le temple,
Ce qu'est l'eau pour la soif et le ciel pour la foi,
Ce qu'est à la nature un souris de l'aurore,
Et ce qu'est la rosée au bouton près d'éclore,
Que la vertu, l'étude, ami, le soient pour toi.

Courage, et tu seras cet élève qu'on aime,
Tu feras ton mérite et vaudras par toi-même,
L'artiste, l'homme instruit porte en soi son trésor ;
On aime un écolier, on l'applaudit, le fête,
Quand il est studieux, rangé, docile, honnête ;
Mais quand il est savant on l'aime mieux encor.

Ainsi dans ce qu'il sait l'homme civil, le sage,
Possède un prix, des biens inconnus au sauvage,
Ainsi sur l'églantier que le désert produit,
On aime le bouton qui promet une rose ;
Mais sur l'arbre des champs où la greffe se pose,
On préfère la fleur qui promet un beau fruit.

A UN MAGISTRAT PERSÉCUTÉ

Si jamais dans tes mains le rang ni l'opulence
Ne firent de Thémis varier la balance,
Si ta sage équité, si ton cœur généreux
Protège l'opprimé, console un malheureux,
Que t'importe G... que l'orgueil ou l'envie
Aspirent à troubler le repos de ta vie ?

On dit que dans ces murs où chaque jour ta voix
Défend d'un citoyen et l'honneur et les droits,
Où, bravant le pervers, ton intègre sentence
Confond la vile intrigue et venge l'innocence,
Quelques puissants du jour, qui n'ont pu te plier,
D'un insolent dédain pensent t'humilier ;
Mais à ce vain mépris que le sage surmonte
Ta conduite répond pour ta gloire et leur honte.

Laisse donc ces Crassus, ces modernes Verrès,
Te prêter pour te nuire et leur langue et leurs traits ;
L'injure qu'ils t'ont faite aujourd'hui les accable,
Et quiconque méprise est toujours méprisable.

Tu sais que dans ce monde où souffrent les vertus
Un Socrate toujours rencontre un Anitus ;
Mais tu sais bien aussi que dans la conscience
Du mal comme du bien Dieu mit la récompense.
Et que lorsque le cœur ne nous reproche rien
On s'honore du mal qu'on souffre pour le bien,

Tu te ris de l'orgueil ; en vain en ta présence
Un titré fait briller ses cordons, sa puissance.
De l'homme par un souffle en ce monde emporté,
Sous la toge ou le froc tu vois la pauvreté,
Tu sais de son habit distinguer son mérite,
Que par la vertu seule un mortel s'accrédite,
Et que lorsque son rang nous le montre au grand jour,
S'il n'a des qualités dignes de notre amour,
Cet éclat dont en lui le vice se décore
Aux yeux qu'il éblouit le rend plus vil encore.
Tu sais que l'homme vrai dont l'honneur est l'appui,
Est plus grand que tel grand qui se croit plus que lui.

En charmant tes loisirs une étude paisible
A leur attaque encor te rend inaccessible ;
Modeste passager dans cet exil d'un jour.
Cherchant sur ton chemin la sagesse et l'amour
Tu suis d'un pas égal cette foule insensée,
Qui, sur des flots trompeurs, d'un fol espoir bercée,
Comme ce faible oiseau que le vautour endort,
Court après la fortune et n'atteint que la mort.

Ainsi tu mets ta nef à l'abri de l'orage,
Ainsi loin des écueils coulent les jours du sage.
Reste avec nous G... et soit notre soutien,
Crois qu'il est dans nos murs des cœurs dignes du tien,
Oublie en les plaignant ceux que l'orgueil dévore,
Pense à ce peuple vrai qui t'estime et t'honore,
Cultive les beaux arts, ennoblis ton emploi,
Jouis en paix d'un bien que tu ne dois qu'à toi,
Et montre à nos censeurs que ta philosophie
Consiste à vivre heureux en dépit de l'envie.

LE PROGRÈS

Le temps allége nos misères,
Le bien vers le mieux nous conduit.
Ce qu'admirait jadis nos pères
A changé de face aujourd'hui.
Nos campagnes sont plus fertiles ;
Un air plus pur règne en nos villes;
La Ligue n'arme plus nos mains ;
Sous la science et le génie
Fleurissent les arts, l'industrie ;
Le progrès suit tous les chemins.

On ne voit plus dans nos villages,
Ni de sires ni de manants;
Nos lois rendent nos mœurs plus sages,
Nos mœurs les crimes moins fréquents.
La liberté n'est plus factice,
L'opprimé croit à la justice,
Le juste au Dieu de ses aïeux;
Et sous l'art qui le civilise
L'homme que l'étude humanise,
Etant meilleur est plus heureux.

De la guerre et de ses conquêtes,
Les peuples sont désabusés ;
Les lauriers qui ceignent nos têtes
De sang ne sont plus arrosés ;
La paix rappelle le bien-être ;
Le commerce qu'elle fait naître,
De l'Océan franchit les bords ;
Partout règnent des arts utiles ;
Sur des sables longtemps stériles,
Cérès prodigue ses trésors.

La tiare en ses mains sacrées
N'a plus de foudre pour les rois,
Les nations plus éclairées
Du pouvoir limitent les droits ;
La religion est plus belle,
La charité moins personnelle,
Le travail de toute saison,
Et l'instruction dès l'enfance
Prévient les maux de l'ignorance
Par le bienfait de la raison.

Comme en nos champs la fleur naissante
Pare le front de nos beautés,
Le luxe que l'or alimente,
Décore nos riches cités.
Des fontaines, des puits jaillissent ;
Des temples, des palais surgissent ;
Le monument lève sa tour,
Et sur cent chefs-d'œuvre célèbres,
Comme un soleil dans les ténèbres,
Le gaz répand l'éclat du jour.

Par nous les nations connaissent
La justice et l'humanité ;
Par nous aux bords lointains renaissent
Le vrai culte et la liberté.
Alger, qui sous nos lois prospère,
Voit nos bras féconder sa terre,
Nos armes défendre ses murs ;
Partout tombent des fers ignobles,
Le riche a des plaisirs plus nobles
Et le pauvre a des maux moins durs.

Quel monument cher à l'histoire
Par la renommée est cité?
Versailles va de notre gloire
Etonner la postérité.
Illustrant le siècle où nous sommes
De nos héros, de nos grands hommes,
On revoit les traits vénérés ;
Le ciseau les anime encore,
Et par des mortels qu'on honore
D'illustres morts sont honorés.

Toi qu'afflige un mal incurable,
Viens, ô mortel infortuné,
Sans crainte au scalpel redoutable
Livre ce membre gangrené,
Pour ta languissante nature
Aujourd'hui la plus grave cure
N'a plus ni souffrance ni peur ;
A l'angoisse la plus terrible
L'art a su te rendre insensible :
L'éther a vaincu la douleur.

Savant qu'inquiète un mystère
Veux-tu sonder les temps, les lieux ?
Le feu te conduit sur la terre
Le gaz t'élève dans les cieux ;
Et toi qui regrettes l'absence,
Veux-tu malgré l'espace immense
Parler à l'ami qui t'est cher ?
Par ce conducteur électrique
Chaque mot que ta langue explique
Vers lui vole comme l'éclair.

Gloire au français dont le génie,
Domptant les éléments rivaux,
A pour le charme de la vie
Créé ces prodiges nouveaux.
Grand par les arts, par la vaillance,
Il règne encor par la science,
Et par des actes généreux
Montre au monde qui s'équilibre
Les lois qui font un peuple libre,
Le progrès qui rend l'homme heureux.

UN BIEN POUR UN MAL

Il n'est pas de mal physique ou moral qui ne produise toujours quelque bien. Le Créateur a si bien arrangé les choses que tout dans ce monde a sa compensation et qu'en résumé tout est bien pour le tout. C'est des contrastes que s'enfante l'harmonie. Sans contre-poids l'équilibre serait rompu, ou tout serait mal et l'homme serait sans bonheur, ou tout serait bien et l'homme serait sans mérite ; mais là, où tant de choses sont pour nous un mal relatif, tout aux yeux de Dieu est bien. C'est ce que Pope démontre très-philosophiquement et c'est par là qu'il justifie le Créateur des plaintes de la créature. Ainsi tout ce qui est dans l'ordre matériel ou intellectuel est absolument nécessaire par cela seul qu'il existe et que rien de ce que Dieu a fait ou permet n'est inutile. Il fallait peut-être que le bien et le mal y fussent également répandus et en opposition, pour laisser à l'être intelligent et libre le triomphe de la lutte et le mérite de son choix ; il fallait peut-être que le méchant existât, ne fut-ce que pour exercer la vertu de l'homme de bien.

Mais en permettant le mal particulier, la sagesse divine veut qu'il contribue au bien général, et elle sait dans les hommes distinguer l'Abel qui le souffre avec innocence, du Caïn qui le commet par perversité : voyez comme de ce mal qui nous désole elle fait résulter pour nous et pour le monde le bien de son grand œuvre. Le Vésuve et l'Etna ensevelissent Catane et Pompéia, mais par l'éruption de leur matière volcanique ils préservent la Napolie, la Sicile d'affreux tremblements de terre. Un orage fait éclater la foudre qui tue un homme, mais il dégage l'électricité, épure l'atmosphère et féconde nos moissons ; une tempête renverse un monument, submerge un vaisseau, mais elle emporte sur l'aile des vents et disperse sur le globe ces graines, ces germes, ces nuages qui vont fertiliser une plage stérile et nourrir une nation ; le Nil inonde le sol de l'Egypte, mais il le féconde ; un incendie consume une forêt du Labrador, mais il en fait une plaine de cendres que va exploiter l'agriculture ; des glaces, des neiges éternelles chargent les pôles et couvrent des montagnes, mais elles donnent ou prolongent le jour pour certains peuples, elles produisent ces vapeurs, ces marées, ces sources nécessaires à la terre et à l'Océan ; la guerre est désastreuse, mais elle mélange les peuples, sème les idées, engendre l'héroïsme, le dévouement, propage l'industrie d'un peuple sauvage, les lumières, les mœurs d'une nation civilisée et profite quelquefois plus au vaincu qu'au vainqueur. Les Gaulois, les Bretons ne perdirent rien en passant de la domination de leurs Druides sous celle des Césars La conquête est selon le conquérant, elle abrutit sous Brennus ou Attila, mais elle régénère sous Alexandre ou Napoléon ; elle fait ruisseler le sang, mais de nos jours elle imprime aux nations un mouvement de progrès, un choc d'où jaillit toujours quelque lumière ; n'a-t-elle pas été une terrible mais utile leçon pour la nôtre ?

Une épidémie répand la mortalité, mais elle décharge les grandes cités d'une population qui surabonde, commande la tempérance, réfrène les passions, remplace l'égoïsme par le dévouement, la haine par la commisération, réunit dans un péril commun des cœurs que des passions, des intérêts avaient divisés, et fait par la pensée de la mort pardonner les griefs de la vie. Une disette impose la gêne, les privations, la classe ouvrière ou indigente en souffre, mais elle corrige l'ivresse, la fainéantise, le luxe, la prodigalité. C'est un grand mal que la restriction du nécessaire, mais c'est un bien que ces idées d'ordre, d'économie, de sobriété qu'elle impose; il faut peut-être cette restriction pour moraliser ceux que déprave l'intempérance. La stérilité d'un vignoble est un correctif de l'ivresse ; pour opérer la conversion d'un ivrogne un hanneton sur un cep de vigne fait plus que toutes les lois d'un gouvernement.

La misère est un fléau qui pèse lourd sur le pauvre, mais elle a son contre-poids dans la charité du riche, elle fait naître ou met en œuvre les vertus, les dévouements qui honorent l'humanité, elle rapproche de Dieu en rapprochant de l'homme, et si d'un côté elle fait des Job, des Bélisaire, de l'autre elle fait des Vincent-de-Paul, des Penthièvre, des Monthyon. Enfin les angoisses de l'âme, les maux du corps, les malheurs individuels ont aussi leur compensation : ils trouvent en nous un allégement dans la résignation : ils ont un prix dans notre vertu à les endurer et une palme en espérance dans le martyre qu'ils nous infligent.

Ainsi tout se compense, se pondère, s'harmonise. Dieu semble n'avoir permis l'existence du mal et la liberté de l'être pensant que pour en faire ressortir le mérite du bien : c'est l'ombre qui, dans le tableau, s'harmonise avec la lumière : c'est l'utile fourneau où l'âme s'épure au creuset de l'épreuve. Enfin si tout ne finit pas avec nous, et si les afflictions du juste sont dans cette vie un mal passager, elles doivent par la mort mener à un bien éternel.

PARIS

A MON AMI ***

Ces bazars somptueux, ces hôtels opulents,
Ces mets si bien servis, ces chars si bien roulants,
Ces boutiques d'orfèvre où l'argent étincelle,
Et ces tables de marbre où le moka ruisselle,
Ces modes, ces tissus et ces comptoirs où tout
Du passant curieux flatte l'œil et le goût,
Ces commis si polis, ces aimables marchandes,
Dont les offres toujours préviennent les demandes,
Ces spectacles, ces jeux, ces bruits, ce mouvement
Sais-tu quel est le but de tout cela? l'argent!
Et le but de l'argent est facile à connaître;
A Paris comme à Rome, ami, c'est le bien-être,
Le bonheur, le bonheur, c'est à quoi chacun tend;
Avec tous les moyens que cet argent leur livre
Les hommes devraient tous être heureux, et pourtant
Sur cent qui se hâtent de vivre
Il n'en est pas, je crois, un seul qui soit content,
A moins qu'il ne soit ivre.

MOROSITÉ

Bien heureux celui dont la veine
Peut donner au public, une fois par semaine,
Une prose élégante, un vers de bon aloi,
Mais plus heureux dans sa retraite
Celui qui, s'amusant d'une étude secrète,
Ne lit que pour s'instruire et n'écrit que pour soi.
Quelque talent que l'on possède
C'est un méchant métier que d'écrire aujourd'hui;
Célèbre, un jaloux vous obsède,
Obscur, s'il est connu, votre œuvrevous a nui.
Pour créer un chef-d'œuvre, en vain votre esprit veille,
Il ne peut dire rien qu'un autre n'ait dit mieux,
Pour des lecteurs blasés il n'est plus de merveille,
Et tout genre à présent est un genre ennuyeux.
Et puis, qu'a-t-on besoin d'un poëme en ce monde
Où les vers les plus beaux sont des vers superflus?
Le poëte et son luth dans tout ce bruit qui gronde
N'est qu'une voix qui chante et qu'on n'écoute plus.

Bien faire passe avant bien dire,
La bonne œuvre vaut mieux que le plus bel écrit,
L'enthousiasme de la lyre
N'est que l'accès d'un fou dont le sage se rit.
Je pourrais aussi faire un livre
Et laisser un nom après moi,
Mais à quoi bon chercher à vivre
Où la mort tient tout sous sa loi ?
Et qu'est-ce qu'un nom dans l'histoire ?
Un écho dans le vide, un bruit noble ou fatal,
Qui fait qu'on écrit bien, que l'on calcule mal,
Et que pour vivre en la mémoire
On meurt souvent à l'hôpital.
Je préfère à tout vain délire
Ce que le bon sens me prescrit,
Et si j'ai quelque peu d'esprit,
Le garder pour me bien conduire.

ERRATA

Page 48, vers 9, au lieu de :

Agréables berceaux où mariant leurs *senteurs*,

Lisez :

Agréables berceaux où mariant leurs *fleurs*.

Page 60, vers 14, au lieu de ma *couche*, lisez ma *bouche*.

TABLE DES MATIÈRES

274. — Clermont. — Imp. A. Toupet.

ngramcontent.com/pod-product-compliance
Content Group UK Ltd.
Milton Keynes, MK11 3LW, UK
908260826
WH00003B/1056

9 782019 214401